坦途

喬木、張曉明散文選

喬木、張曉明 著

自序

人對於所處的世界，都懷著一種崇敬的心態。〈坦途〉一文就是因為這種心態完成的。緣由大部分的人，都有好逸惡勞的陋習，得過且過，畏懼向艱困的環境挑戰。在東西橫貫公路開通後，有機會與家人到梨山附近遊覽。只見開墾的果園，結實纍纍。引發我要為這些不畏艱困，刻苦耐勞的「勇者」因著這份勇氣與堅持，造就了一個美麗世界，寫下此文。

〈畫展〉與〈祭如在〉則是以嘲諷的手法描述現代功利社會的形形色色。〈滿載〉則是想表達歷盡人生顛峰後，人最終要能返璞歸真，就是滿載豐收。

特別要提及〈洪流〉一文是妻子張曉明女士當年參加聯副小說比賽之佳作並於一九七九年十月十七日開始在聯合報刊登。陳若曦女士評論該篇文章文字順暢，結構緊湊。主題亦極具現實諷刺意義。貧苦農民一旦發了狗財，生活開始腐化墮落，和諧的家庭乃名存實亡。曉明女士年輕時，偶爾也會寫點東西。後因轉入商界服務，就很少寫了。藉此機會一起出版。

喬木

二〇一七年二月七日

目次

坦途

生命中需要一個安靜的季節，冬天是春的母親，夜是日間能力的泉源，安靜的泥土是產生蔬菜的根源。偉大的事都是從靜候的時間中得來。

摘錄——《谷中清泉》

一

公路平直的向前伸著，余明駕著一輛藍色的小旅行車，在柏油路面上平穩行駛。他是個年約三十五六歲的健壯男人，臉上長著濃濃的絡腮鬍，雖然剃得很光，青青的鬍碴子卻隱約可見。公路一直是上坡，余明用力的操縱著方向盤。七月的太陽，在已經是下午三點鐘時分，仍然是那麼悶熱。他身上那件香港衫，背後被汗濕得透透的。

漸漸的，公路伸入了山區，路線也跟著彎曲起來。當駛過一個河谷後，接著又是一段上行的大斜坡。車子吃力的向上爬著，迎面映現一片黛色山巒，遠處的青峰疊起，高插藍天。一片冠狀的白雲，給山峰裝飾得像帝王的冠冕一般，形成一幅美麗畫面。余明不時抬頭向遠處望去，這廣袤無邊的山野，才是台灣的心臟，也是台灣最偉大驕傲的地方；看起來是那麼渾厚雄偉，高塞蒼穹，為億兆所共仰。這時車子轉過一個彎，駛到一條窄狹的石子路上。但見道路的兩旁，盡是濃密整齊的果園：果木茂盛的枝條，蔥蘢而怒張著向上伸張，翠綠的葉子映著下午的陽光，熠熠的閃著耀眼的光彩，濃陰幾乎把路面全部遮住。余明把車子駛慢，用一種欣悅的眼神向兩邊張望。現在正是成熟季節，垂掛在果樹枝枒間的纍纍結實，金色的蘋果帶著一臉純潔微笑，紅色的蘋果流露著少女一般的豔光，在微風中帶來一股清郁的暗香。

他又把車駛快，鋪了很久的石子路面，經過幾番風雨，已經變得凸凹不平，車子駛在上面不停的跳動。余明把穩方向盤，一面在想：這條道路早就應該鋪設柏油了，如今住在這裡的園主，差不多每家都有自備車輛。並且以大家的收入狀況，也有能力為這條道路敷上一層柏油，車子駛在上面就平穩得多，駕駛與乘員也舒服。唯一的問題是誰領頭來提議這件事。那麼再過幾天，等包商把貨款交清，他就準備出來協調。他相信這種於人人有利的公益事情，大家一定樂於解囊。

就在這時候，車子又一轉彎，便駛進一座廣闊的果園內。路邊有一幢寬大的住宅，粉牆，紅瓦，門前有一個很大的廣場，種植一些紅紅綠綠的花木。

余明剛把車子停住，便聽到門內叫道：

「爸爸回來了。」

「爸爸回來了。」

兩個孩子從住宅的門口竄出來，是一男一女，男的大約六七歲，女的稍大一點，也不過十歲左右；雖然都穿著樸素衣服，倒是十分乾淨。他們奔跑著到了小旅行車前，小女孩便搶到前面大聲叫道：

「我給爸爸開車門。」

「不要！我給爸爸開。」小男孩子尖叫著，連忙兩手抱住搶在前面那小女孩的腰。

「好好，不要爭，兩人一道開。」余明在車內坐著不動，搖著手笑道。他不立刻下車，是因為兩個孩子已經養成習慣，祇要他車子一開回家，被兩個孩子看到，姐弟倆一定會爭著給他開車門。如果他未經他倆給打開車門，而逕自下車，必然不算數，兩人準會推著拖著把他再送回車上，重新關上車門。然後等兩人給開了，他才能下車。

等兩個孩子把車門打開後，余明才跳下車，蹲在地上把兩臂一張，姐弟倆便撲到他懷裡。他把兩個孩子一左一右抱住，一面拍拍兩人，一面笑著說：

「小萍，小明，你們想爸爸沒有？」

「我好想爸爸呀。」小萍搶著說。

「小明呢？你不想爸爸？」

「我想爸爸給我買坦克車。」
「那你不是想爸爸了，是想爸爸買的玩具。」
「才不是哩。」小明翻動著大眼睛看看余明：「我本來也要說我也想爸爸，可是被姐姐搶著說了，我不要跟姐姐說一樣的話。」
「那麼香香爸爸。」
小明一低頭，就在余明風塵僕僕臉上親了一下。
「嗯！好香啊。小萍，你也香香爸爸呀。弟弟香了這邊，你就香那邊。」
「不要。」
「為什麼不要？」
「人家不要親嘛。」
「哦！小萍長大了，害羞了。」
小萍的臉紅了：「才沒有害羞呢，是我不要親。爸爸，我的洋娃娃買回來了沒有？」
「啊！我忘記買了！」
「怎麼忘了呢？」小萍撒嬌的噘起嘴，在地上跺著腳道：「我要洋娃娃嘛。」

「你不肯親我，當然就忘了買了。」

小萍的黑眼珠靈活的轉動一下：「啊！爸爸買了，爸爸騙我的，我自己去拿。」

「我也去拿我的坦克車。」

兩個孩子朝小旅行車後門跑去，打開車門便爬進車廂裡，不管三七二十一，伸手就朝堆在裡面的東西亂翻。余明跟在後面走過來，大聲吆喝道：

「不要亂翻，把東西都給我翻壞了。」

兩個孩子那裡肯聽，扯著一個大紙包用力一拉，便嘩啦一聲，倒在車廂的地板上。

「噯呀！我的小姐，少爺。完蛋了，什麼東西都被你們砸爛了。趕緊到一邊去，我拿給你們。」余明急忙爬到車上，把兩個紙盒子，分別遞給小萍和小明：「趕快下車自己玩去，別在這裡窮搗亂。」

「謝謝爸爸。」

「謝謝爸爸。」

小萍和小明得到他們希望的玩具，便不再在車廂內留戀，一面下了車，一面迫不及待打開手裡的紙盒子看。這時余明又說話了：

「小萍，媽媽呢？」

還沒等小萍回答，一個嬌柔的聲音隨即傳入余明的耳際，接著人也出現在車子後面。

「回來了？怎麼回來得這般快。」

那是一位年齡三十多歲的女人，穿著一件素色的家常衣服，身材嫋嫋婷婷，皮膚很白皙，有一張輪廓細緻的臉型。面容看起來雖不漂亮，但在眉梢眼角間，卻流露出一股特殊的嫵媚風韻，給人一種沉靜的感受。而在小巧的嘴巴兩邊，彷彿掛著兩串，像熟得流香的水晶葡萄般的愉快笑容，洋溢著幸福與甜蜜。

余明也回過頭來，衝著他太太一笑。

「亞萍，我告訴你，安邦的未婚妻好漂亮。」

「所以我說你不該回來的這麼早，你既到台北去幫人家辦訂婚的事情，也該多幫幾天忙才是。」

「因為想你呀。」

「討厭！」

「真的嘛，我一時不見你，心裡就難過。」

「別甜嘴蜜舌的，誰信你的鬼話。」

「噯呀！我的好太太，你不信罷了，我對你的心可是唯天可表。再說，我到台北雖然是幫安邦辦理訂婚的事情，可是人家婚已經訂過了，現在整天親親熱熱在一起，我還留在那裡幹什麼，惹人家討厭去。要自己出去玩吧，又沒有什麼好玩的。」

「我是覺得我們跟安邦的關係不同，他的事情就是我們的事情，不能一推六二五。」

「我要一推六二五，也不會這麼遠跑去台北幫忙了。」

「是嘛，我們應該有多少力量，盡多少力量。」

「不過話又說回來了，當初你要是肯到台北，我們就可以在那裡多住幾天。你是沒見到哇，現在的台北市，可比過去熱鬧多了，大樓一幢一幢豎在半空中，就是太熱。我在山上住慣了，一到那兒，就像掉到一個火盆裡，熱得氣都喘不過來。要待在大飯店吹冷氣吧，我在鄉下又清爽慣了，覺得悶的慌。所以趕緊回來。」

「照你說，我到台北也會不習慣。」

「對了！安邦還問我，為什麼你不跟我一道去。」

「你沒對他說，帶著兩個孩子路上太麻煩。」

「講了，他好像非常遺憾。他一直說亞萍為什麼不來，亞萍為什麼不來，她該到台北來玩玩才是呀，像是對你很不諒解。」

「反正他已經訂過婚，很快就會結婚，到那時我總是要去的。他們預計什麼時候結婚？」

「大概要到明年。」

「何必拖那麼久。」

「總得準備準備。」

「這有什麼好準備，在台北，什麼東西都是現成的。祇要有錢，一兩天就可以辦好。」

二

「主要是房子問題，要到十二月才能蓋好，那時候正好快過年了。俗語說『有錢無錢，討個媳婦過年』。」

「安邦買個什麼樣的房子？」

「一間公寓，在永和鎮，有四十二坪的樣子。」

「還不算小嘛。」

「看設計的樣式還不壞，有四房兩廳，有兩套衛生設備。並且是邊間，在二樓。我給安邦建議，不要太高，太高了，上上下下都不方便。」

「你現在倒會享受，忘記我們在台北時候租一間小房子，祇能擺一張床、一張桌子，一個衣樹，客廳跟人家共用。有時客人來多了，都沒有地方坐。」

「時地不同啊，太太。此一時彼一時呀。說到給安邦買房子，還有個插曲呢，他堅決不肯讓我付錢。我就對他說，老安哪，當初我把你全部積蓄拿來開荒時候，就已經把話說在前頭。要是成功，也是我們倆的；要是失敗了，你也不能怨我。如今我們總算成功了，真是皆大歡喜，你這樣推推拉拉，叫我怎麼辦。所以你現在不能講話，你要再推推拉拉，不是明叫我對不起朋友嘛。他才算答應了。」

「安邦的為人也太固執。」

「所以你說我會享受。」余明感嘆的回顧一眼，發覺亞萍眼角上竟浮現著好幾條皺紋：「事實你才夠受的，當初跟著我受那麼多的苦，要現在你受得了嗎？」

「也是此一時彼一時呀，如果你現在還是像過去那樣，侷限在台北；我還不是得跟你過窮日子。」

「哈哈！我的好太太，你真好。所以我才要從台北匆匆忙忙趕回來，你說我怎會不想你。」

「去了台北一趟，就學會耍貧嘴。」

「好，不講。看我給你帶的東西吧。」

「都帶些什麼？」

「你自己慢慢看吧，夠你瞧大半天的。」余明拿起一個大紙盒遞給他太太。

亞萍接到手裡，又放到車廂的邊上，解去捆紮的繩子把紙盒打開：「哦！絲襪！這麼多雙啊。這是什麼？怎麼大盒子裡面還套了個小盒子？哇！化粧禮盒，密斯佛陀。噯呀！余明，你買這些東西回來做什麼？我住在這種地方，有什麼好化粧的，化粧給誰看。」她嘴裡雖然不停的抱怨余明，臉上卻綻出滿面笑容。

「化粧給我看哪。」

「看了這麼多年還沒看夠呀！」

「女為悅己者容啊。對了，還有這個。」

「鞋也買回來了？」

「你打開看看，最新的樣式。」

「你真是錢多了，亂買一通。」

「噯喲！糟了！糟了！」余明往外搬著東西叫道：「都是那兩個小搗蛋給我弄

的。」

「那是什麼東西？」

「蛋糕。」

「你這時候買個大蛋糕回來做什麼？」

「你忘記今天是什麼日子？」

「又不過年，又不過節，也沒有人過生日。」

「說你記性差，你還不承認。你再好好的想一想，前幾天我還你跟提過這件事。」

「前幾天還提過？」亞萍凝神的想著：「沒有吧！要你真說過，怎麼會一點影子都想不起來。」她把裝蛋糕那個大圓盒子從余明手裡接過來。

「你往十年前想。」

「十年？」亞萍疑惑的望著余明。

「再提醒你一句，往這個果園上面想。」

「噢！今天是你到這裡開荒十週年哇。」

「對吧！我跟你講過吧！說是到了今天，要好好的慶祝慶祝，你怎麼就忘了。」

「是啊，我當時還特地要好好記住這日子呢。」

「好吧！把東西往屋裡搬吧。」余明從車上下來，把蛋糕盒子打開給亞萍看：

「你看，好好一個蛋糕，被那兩個小搗蛋弄成這個樣子。」

「衹是奶油碰壞一點，沒有關係的。」

「今天晚上好酒好菜多弄一點呀。」

「放心，有得你吃的。」

「可惜是安邦不在這裡，他要在這裡，大家一道來慶祝多好。在台北的時候，我曾經跟安邦談過，他們結婚以後，乾脆搬到山上來住。再在果園裡給他蓋一幢房子；果園就是大花園，又寬敞，又安靜、又自在，比在台北住那種籠子般的公寓，不知要好上多少倍，也不會像台北那般烏煙瘴氣。再說我們這裡目前最重要的問題，是子女教育問題，他到這裡以後，可以到附近國中當老師。另外我也算過了，此地照這種情形發展下去，一定很有前途。我們可以把對面的山地再買一片，也闢成果園。相信不要多久，一定有公路通到那邊，出息會比這邊都大。我們的事業既然在山地，為什麼不搬到山地呢。」

「安邦怎麼說？」

「說等結婚以後再看。其實我曉得，他是要跟另一半商量，要另一半同意才成。」

「你沒問他另一半。」

「人家才剛剛訂婚，正親熱得難分難捨，我怎麼好意思提這種問題。何況一般人對山地的情形還不十分了解，以為到了山地，就只有吃地瓜，喝冷水，住茅棚。那麼要安邦到這裡來，在他另一半眼裡，不等於像充軍一樣，怎麼會同意。所以一定要跟她慢慢的談，要她了解這裡比起都市來，什麼東西都不缺。不過這件任務，還是要你去完成。」

三

「講了半天，把責任推到我身上。」

「怎麼是推責任，因為我們是好朋友，希望大家好。女人跟女人講話總是方便些。」

「那就等安邦他們安定下來看吧。」

把買回來的東西全部搬進屋裡，又小心的把那蛋糕放在桌子上，再打開盒蓋研究一番。蛋糕上邊那層奶油所以碰撞得變了形，也不能全怪小萍和小明的搗蛋。這段石子路崎嶇不平，是主要原因，車子走在上面顛來顛去，焉能不受損傷。余明在沙發上坐下來，亞萍給他泡來一杯茶，便逕自做她自己的事去了。兩個孩子由於有了新玩具，也都去各玩各的。余明一面喝著茶，眼睛一面不停的打量。這幢房子在蓋的時候因為祇注重實用，不講究格調。因此樣式雖不夠美觀，倒很寬敞，住著也很舒服，客廳的陳設也很簡樸。不過這房子從蓋起來時候粉刷一遍，以後就沒有再粉刷過。如今五六年過去，牆上，門上，天花板上，亞萍雖然也時常清掃，仍然濛濛的蒙了一層灰塵。是應該把房子重新粉刷一遍了，把各處弄得亮堂堂的，看起來也賞心悅目，心頭也舒坦。他的目光從門口望出去，外面已是夕陽掛山時分，把果木的影子拖得長長的。望著這一大片綠色，他臉上映現著無限喜悅，也隱含著幾許辛酸。

余明把目光收回來，落在桌面那個蛋糕上。看看這個蛋糕，他想起十年前的事；十年的時間，說長，是何其遙長；說短，又好像是一眨眼的時光。不管時光是長也罷，是短也罷，對余明的改變何其重要啊。

如果說人是靠命運支配，毋寧說命運是靠人創造。

還記得是一個寒冷的冬日，余明懷著一種創世紀的精神提著簡單行囊來到台北，跟安邦在火車站會了面。這兩個年輕的小伙子，當時的年齡都剛二十歲出頭，他們是在金門服役期間同在一個單位服務而認識的。本來同吃一個鍋裡的飯，同在一個通鋪上睡覺，關係就夠親密了；但在一次構築工事的驚險爆破工作中，又使兩人成為患難的朋友。雖然他們事後發覺那次他們以為驚險萬分的事件，事實毫無危險可言。僅是部隊寓訓練於工作的訓練方式而已。特別製造驚險的狀況，來訓練士兵的沉著鎮靜定力，迅速採取妥善措施，使其化險為夷。因此他們也發現自己竟那麼幼稚，把一件安全措施非常周到的工作，看得緊張萬分。不過這也難怪，他們剛入伍沒有多久，對軍隊還不太十分了解；不曉得這個特殊的組織，一切工作都是特殊的，時時刻刻都面對著敵人，面對著戰鬥，面對著危險。因此它的每一項訓練，都在訓練士兵保護自己，戰勝敵人的能力，來磨練戰場適應力。以便對任何險惡的狀況，都能沉著鎮靜的應付，才能在槍林彈雨的戰場上，不致驚慌失措。

了解軍隊組織的特殊，使余明在三年的服役期間得到更深的體驗。軍隊這種特殊的生活，以及一些看起來好像極不合理的要求，卻會把士兵在不知不覺中塑造成一種型；這種型就是獨立。打個譬喻說吧：在軍隊中，長官有時會像故意刁難似的，對你下一個命令，要你去做一件表面看來，根本無法達成的任務，並要求絕對服從。

四

當然這個任務是有其解決之道的，但長官當時卻不告訴你應該怎樣做。祇讓你自己去設法解決，來激勵克服困難，磨練不怕失敗，再接再厲的精神，啟發獨立判斷的智慧。如是你實在無法達成任務時，長官才會給你指導，教你如何去做；此時你雖然完成了，終不如自己想出的辦法解決有收穫；彷彿山窮水盡之時，突然看到柳暗花明的境界，得到一種豁然貫通的感覺。這樣一次一次面對困難，一次一次設法克服，即使一個最軟弱的人，也會變得獨立堅強。

同時余明也發覺，這三年的時間，嚴肅的紀律生活，也為他創造另一種性格。因為長久的內務要求，養成他清潔整齊的習慣；隨時隨地的軍紀教育，養成他自敬敬人，服從負責的個性；而嚴格的基本教練，養成他抬頭挺胸，勇往邁進的精神。

離開軍隊，回了家，余明跟安邦是各奔前程了。但兩人的友誼並未中斷，仍保持著密切的連繫。

安邦的家是在台灣北部，由於他是高商畢業，也很快在台北找到一個不算優厚的工作，一面又努力自修，希望能考上大學夜校讀書。余明的家卻是在南部，家裡開了個小雜貨店，全家人都靠此維生。當余明從金門回台灣的途中，曾經有一個抱負，希望回家後能好好的發展一番事業。那知回家一看，家裡的情況仍像過去一般，並沒有多餘的積蓄，可拿來供他發展事業。那小雜貨店有他父母經營，以及弟弟和妹妹的幫忙，人手已經綽綽有餘；他要再去插上一手，就變成多餘了。那麼做什麼呢？已經成年了，應該自立了，終不能整天無所事事的，待在家裡吃父母的血汗。找事情呢？鄉下的就業機會本來就不多，他讀的又是普通高中，沒有一項專長，處處不受歡迎。

那就上台北打天下吧。這個台灣首善之區，這種軟紅十丈綴金織錦般的繁華，在人們心目中閃著絢麗光彩。好像這兒遍地都是黃金，一伸手就可以拺到似的。許多人都不遠千里到這裡來闖，希望用兩隻手在台北土地上，蓋起生命中的摩天大廈，創出一番光輝燦爛的事業。

余明寫了封信給安邦，說明自己的希望。安邦當然歡迎他來台北，在回信中便伸出熱情的手，遙遙的跟余明握在一起。祇要余明肯來，安邦將盡一切力量幫助他，吃住都不成問題，在軍中的時候，他們就有約在先，將來有一個闖好了，就大家都好；如要闖不好，就大家吃苦。

於是余明提著行李北上了，並受到安邦熱烈歡迎。可是當兩人在一個小館裡吃著飯，望著外面的車水馬龍和熙嚷的人群，余明認真的說：

「我現在最急切的，是趕緊找到事情。」

「現在就是工作難找。」安邦感慨的說。

「難道台北這麼大的地方，這麼多的工作機會，找不到一個空隙，來安插我一個人。」

「也不能這樣說，台北雖然大，到這裡謀職的人也很多。你不能太急，工作機會總是有的。」

「要不能找到工作，我來台北做什麼。」

五

「如果暫時找不到工作，讀讀書也好。」安邦十分誠懇的看看余明，就體型說，余明的身材比較粗壯，安邦則較纖瘦，說話的音調也低，越顯得真誠：「我現在晚上在一家補習班補習，準備明年考大學。」

「那好啊，你應該多讀點書。」

「你也去補習好了，明年我們一道去考。」

「要我讀書啊，免了吧。」

「為什麼？我覺得能多讀點書是好的，祇要我們肯去投資，一定就會有收穫。」

「你說的對，讀書對你來說，有投資就有收穫。可是對我來說，投資下去，卻不一定會有收穫。」余明說到這裡突然把聲音提高：「因為我不是塊讀書的料，我過去本來也有很大的野心，小學畢業了，讀中學；中學畢業了，讀大學，然後憑著這張大學文憑，好好找個事做。可是我高中畢業以後，經過一次聯考失敗，又當了三年兵，我才發現自己的性格，根本不適合讀書。不但考不取大學，就是考取了，也讀不出個名堂。我知道你讀書的目的，是希望將來能教書。教育是百年大計，所謂『百年樹人』，我能樹什麼？別誤人子弟了。因此那又何必呢，難道非要弄個文憑來裝飾門面不可。」

安邦再看看余明，覺得他的話也有道理，在軍中三年的朝夕相處，安邦對這位好友十分了解。對將來是否繼續求學這件事，他們也曾在那時候討論過，余明就一再的明確表示，他退伍後決不會再讀書；因為他自知自己不適合讀書。而事實，余明的性格也實在太強烈了，完全像一匹奔騰的野馬，不是用韁繩所能羈縛住的；又像一條滔滔的激流，永遠沒有停止的時候。如果想用教育建立成一條堤防，把這條激流攔住，匯成一個平靜的湖面，讓他過一種月白風清的平靜生活。這對別人，或許是一種非常可愛的境遇，在優游的歲月中，以平靜的彩筆，塗出一個恬淡寧靜的世界。但是余明就不同了，他生命的彩筆是強烈的，他生命的世界是廣闊的；那種月白風清的生活，根本麵不飽他那支生命的彩筆，當然也無法把他那個廣闊世界，塗得光輝燦爛。

是以余明的性格，如果要他整天埋頭在書本上，實在是一種摧殘。他應像一個艦長，駕著一艘巨輪，在狂風巨浪中，去創造海闊天空的世界。

安邦沉默了，這時餐廳裡湧進好幾個客人，服務生在大聲招呼生意。余明又提高聲音說：

「你不必為難，安邦。我倆是好朋友，要是實在找不到事情，我馬上就回南部。」

「真的不要急，余明。」安邦拍拍余明的肩膀，安慰的說：「光急是不成的。現在既然來到台北，就先到我那邊去住著，我倆還分什麼彼此，有我吃的，就有你吃的。然後慢慢想辦法，路是人走出來的。」

「我是什麼苦都可以吃的，安邦。」

「這個我知道。」

「所以祇要有工作，苦也沒關係。你剛才不是說『路是人走出來的』嗎？我祇是希望現在有件事慢慢做著。以後有機會，開闢我們自己的路。」

「我也有這種想法。」

「希望我們能夠成功。」

六

余明勉強在台北留下來，跟安邦合住一間房子，也找到一份工作，在一家公司裡當事務員，整天辦一些寫寫算算的庶務性工作。這種事情雖然與他的性格極端不合，可是在這人浮於事的時候，捨此之外，使他別無選擇。

工作的不如意，心情的抑鬱，使余明對前途產生一種更強烈的希望；由於這種希望一直被壓制，便在心頭引起極大的激盪。他不甘心整天這樣無意義的窮忙，也不相信會被那些成堆的文牘，永遠壓在辦公桌上。因此在工作忙碌得使他煩惱時候，他便會站在窗口向外張望。在他們公司的外面，是一條繁華的街道，整天流動著流水般的行人車輛，呈現著一片匆忙景象。那麼從一角看整面，都市生活就這般的緊張忙亂了。可是再往遠處看去，在藍天麗日下，著眼處是一片廣袤的原野，青山如黛，綠樹煙雲，都顯現著一種壯麗的美，他多麼希望在這壯麗的世界中，創造一種壯麗生活。

雖然工作不如意，整天都在煩惱，但余明絕不是那種一有煩惱便愁眉苦臉的人。他能很輕易的便撥開心頭的憂悒與不快，放開心情去找尋樂趣。他從南部來台北時，除了一個簡單的行李外，還帶有一個與他朝夕相伴的吉他。

要說到學吉他，也是在軍中服役那段時間學會的。軍隊真是一個大學校，裡面什麼人才都有，祇要你肯學，什麼東西都可以學會，並且不花一文錢。自從余明學會了吉他，就愛上了它，他覺得那種跳躍不羈而帶著股浪漫情調的旋律，很適合他的性格。彷彿在那顫動的琴弦上，可以撥出他的心聲，寄托他的夢跟理想，使他那豪爽的情懷更為開放。因此他把那把吉他，看得像一個親密的朋友，走到那兒，帶到那兒。現在他晚上回到宿舍，由於安邦要去上課，便只有吉他伴他解除寂寞。當他撫弄著琴弦，音符一個一個隨著跳出來的時候，他的心靈便會浸沉在那種奔放旋律裡。撥走了憂鬱和悲傷，撥出一片風光霽月的境界。

撥弄著吉他，唱著歌，如同馮驩擊鋏一般，在慨嘆他的壯志難伸，那知一份姻緣竟因此產生。

周亞萍，一個多麼可愛的小女人，就住在他住的地方隔壁。她雖不是個十分漂亮女孩子，但在那張純樸甜美的臉蛋上，永遠掛著恬靜的笑容，充分流露出性格的溫柔與善良，使人一見到就感到親切可愛。

一天她來到安邦的房東家裡時，余明正在彈吉他。當他彈完一個曲子，鬆下懷裡的樂器當兒，才發覺有個小女孩正在旁邊看他，便對她笑著點點頭。

「彈的不好，別見笑。」

「我覺得非常美。」

「因為是隨便彈，好像連調子都沒彈對。」

「我不懂吉他，但我覺得你彈的十分好聽。」

「要不要再聽，再彈一個曲子給你聽。」

「好的。」

余明又拿起吉他彈起來，周亞萍靜靜站在一旁，現出一副凝神諦聽的樣子。他一面撥弄著琴弦，一面看著她臉上恬靜的笑容；那笑容竟使他深為迷戀。

七

一曲甫罷，周亞萍便鼓起掌來。

「好！彈得真好。」

「那我算遇到知音了。」

「可是你的曲子中，帶有一股蒼涼的味道。」

「大概受心情的影響吧。」

「你的心情很開朗嘛！」

「並不像你說的那樣快樂，不過就是心情不開朗，也沒有必要愁眉苦臉。」

「那你是藉著吉他寄託情懷了。」

「也可以那麼說。」

「像馮驩一樣，『長鋏歸來乎，出無車；長鋏歸來乎，食無魚；長鋏歸來乎，無以為家。』那麼你到底是為出無車？還是食無魚？還是無以為家才這樣感慨？」

「三方面都有。」

周亞萍笑起來，是一種淺淺的微笑。當那種笑容在臉頰上綻放的時候，隱隱顫動的光波中，流動出無限甜蜜，使人感受沐浴在一種春風盪漾中。

「你笑什麼，笑我幻想。」

「我覺得你為那些事情煩惱，太不值得。」

「為什麼？」

「因為在現代的社會，尤其像台灣這種富裕生活，要想『出有車，食有魚，有以為家』，並不是一件十分困難的事；祇要肯努力，一定可以達到這個目標。用不著煩惱得連彈吉他，都帶著股憂悒的音調。」

「你不了解我，小姐，你不知道我現在的工作，多麼使我惱火。整天的忙不說，那種煩實在使人受不了，大概是我的性格，不太適合坐辦公桌。」

周亞萍望望他，又輕盈的一笑。

「對不起，小姐。我們不認識，我不應該對你說這些無聊的話，使你也煩惱。」

「沒有關係，我不會煩惱的。」

「我覺得沒有煩惱的人，真是太幸福了。」

「我覺得世界上的事情，沒有好煩惱的，煩惱都是自己找的。不過你能把煩惱發洩也好，省得悶在心裡，那會更讓你煩的要命。」

「我真佩服你的性格那麼靜。」

「我是來找你們房東太太的，她不在家，我只有在這裡等她，急也沒用處。你還是彈彈吉他吧，把心情靜下來，就不會把琴弦撥亂。」

余明掉頭看看她，周亞萍的臉正對著窗外，眼睛向前凝視著，好像在探視一件放在遠處的東西。可是現在已經暮色漠漠了，但遠處的那一座山，在晴朗的藍天底下，現出清晰的雄壯輪廓。他慢慢提起吉他，開始撥弄琴弦，鏘然的音符便從琴弦上飛揚出來。

彈著吉他，望著遠處那座山，再看看站在旁邊這個可愛的小女孩；而小女孩的神態又是那麼寧靜，聖潔的臉上有一種令人肅然起敬的端莊。他試著把心境靜下來，努力彈好這個曲子；就如同這個曲子是為她而彈似的。好像能得到她一聲讚美，就是極大的榮耀。

八

把那個曲子彈完，他又看著她，她又對他盈盈一笑。他回想著剛才這個曲子，彈得自己都十分滿意。但他奇怪為什麼會突然安靜的彈一個曲子；這幾個月來，由於心情的影響，他每逢拿起吉他用手去撥弄琴弦時，內心那股抑鬱的情緒便瘋狂的傾瀉而出，以致彈出來的聲音，也都怪聲怪調。可是今天他的心境竟會這樣平靜，莫非是因為這小女孩那幾句話，還是因為她那盈盈一笑。

「這回沒有撥亂琴弦吧？」他笑著問道。

「你能靜下心來，自然就會彈好。」

「這應該謝謝你，你剛才一句話，才使我靜下來。」

「我也要回家了。」

「你不是找房東太太嗎？」

「我明天再來好了，反正沒有要緊的事，又不知道她什麼時候回來。等她回來時，就麻煩你跟她說一聲，說有一個周小姐來找她就成了。」

「好的。」

「再見。」

「歡迎你常來玩，我彈吉他給你聽。」

目送那個小女孩走出門去，再回頭看看遠處的那座山，是那樣的巍然獨立。然而再掉頭看看市區，萬家燈火把天空映成一片昏黃的光暈；住在市區的人，好像都罩在這昏黃的光暈底下。於是他對那座山便產生一種無限嚮往，嚮往那種淳樸不羈的生活。

吉他的聲音從窗口飄出去，配著余明低沉的聲音，周亞萍便時常前來看他，談著、笑著，這個小女人在不知不覺中進入他的生活。她那純真而豐富的感情，瓊漿玉液般注入余明生命深處，使他那被壓扁了的意志，重又煥發出堅強旺盛的生機。在叮叮咚咚的吉他聲中，在這小女孩盈盈的笑容裡，多少愁緒，剎那間便消解得無影無蹤。事實上，余明現在也沒有什麼好憂慮的，由於周亞萍似水柔情的滋潤，他的生活已被帶入快樂的旋律裡。

愛情像一條流，浩蕩的流著，旋著，然後把兩道不同的川流，旋入一個極深的漩渦。

安邦對余明跟周亞萍的交往，雖也曉得，但卻不十分清楚。因為安邦這時已經考取大學夜間部，功課很忙，晚間要十點鐘以後才回去，並且周末星期天也都有課，偶爾跟周亞萍見一面，也產生不了特殊印象。同時他覺得男女間談情說愛的事，完全是兩人自己的事，他人不必過問，也不應干涉。而真正使安邦對余明跟周亞萍的愛情，沒加理會的原因，是他相信余明此時此地不宜談戀愛，也不會去談戀愛。照余明此時的待遇，一個人省吃儉用，固然還會有一點節餘；但要養一個家，就十分困難了。何況余明是有事業雄心的人，時時刻刻都希望好好闖一番事業，恨不得一沖飛天。那麼在功不成業不就的時候，他怎會去弄個女人在後面拖著，成為他創業的累贅。

所以當余明告訴安邦他跟周亞萍相愛時，安邦感到極大的驚訝，他幾乎懷疑自己的耳朵有毛病，以為沒聽清楚余明的話。但余明一再重複的向他強調，態度又那樣的認真，他就無法再不相信了。

「你不是開玩笑吧？余明。」

九

「這種事怎麼可以開玩笑。」

「我真想不到，你現在會想到結婚。我過去還以為你跟周小姐的交往，不過是普通朋友。」

「日久生情啊。」

「如果要結婚，你考慮過了沒有？」

「已經考慮過。」

「說實在話，余明。」安邦的態度十分鄭重；這時他倆是在房間裡面對面坐著：「我這個人很少管別人的事，也極少去勸人。因為我覺得每個人都是聰明的，他們的才智都能夠圓滿的處理自己的事，用不著別人去費心。現在你說要結婚；本來結婚是好事，站在朋友的立場，我應該極力贊成才是，盡力幫忙促成你們的姻緣。但我現在卻要勸你一句，你要多考慮；考慮你現在的經濟環境。」

「亞萍是個好女人。」

「好女人也不能不食人間煙火。」

「她說她不怕吃苦。」

「嘴巴講是一回事，現實又是一回事。在這個世界上，愛情究竟不能夠代替麵包。」

「對亞萍來說，愛情就可以代替麵包。」

「你對她了解的真那麼深？女人在婚前，都會把愛情捧得高高的；但一結婚，就會把愛情踩到腳底下。」

「亞萍不同，她不是那種女人。」

「那我真是對她不了解啦。」

「那我馬上去把她找來，你好好了解了解她，是不是像我說的那樣，然後再給我參謀一下。」

余明是說做就做，立刻起身去找周亞萍，並很快把她找來。三個人一道吃了晚餐，又去看了場電影，然後回到寢室大聊特聊。這個小女孩的淳樸溫順的性格，立刻修正了安邦對她的看法，暗中稱羡不已。覺得她是個身上帶著幸福的女人，那個幸福的男人能得到她的愛情，她就會把幸福帶給他。便心裡特別為余明高興。

當周亞萍離開時，安邦便興奮的拉著余明的手說：

「我真沒想到，余明，她是個這麼好的女孩子。」

「你對她的印象改變了。」

「我對她的印象本來就不壞，祇是因為你目前的環境不如意，如果冒冒失失結了婚，日子一定會過得非常艱苦。所謂『貧賤夫妻百事哀』，要是女的再不體諒這種苦處，整天吵吵鬧鬧，那就天下大亂了，你的一生也就完全毀了。不過這個女孩子不同，她有一種天生的嫻靜溫順性格，又十分識大體。你能找到這樣一個女人，不管將來的日子過得好或過得壞，都會很幸福。」

「那我就不必猶豫了。」

「我又要勸你了，余明，一定要好好把握住這個機會。太好了，這樣的女孩子你要放過去，就別再想找到一個這樣好的。我知道你是有事業雄心，你要能夠討到她，對你的事業一定有很大的幫助。」

「我也是這種看法，亞萍的好處就在這種地方。她永遠替你著想，給你鼓勵。」

「我由衷的恭喜你，余明。」安邦懇切的拉起余明的手，緊緊的握著說：「能找到這樣好的女孩子，做終身的伴侶，一定會十分圓滿幸福。」

十

真的能像想像得那般幸福嗎？其實愛情給予人類幸福感，心靈上的愉悅遠超過形象上的快樂。當余明同周亞萍兩人踏著神聖的步伐走向禮堂那一剎那，心頭都洋溢著無比的幸福喜悅，看到的是一片光輝燦爛的景象，在無數的祝福聲中完成了終身大事。特別是當證婚人致詞時，說到他們今後是兩個人變成一體，兩種生活變成一種生活，兩個世界變成一個世界、互體、互諒、互愛、互助。余明禁不住用力握著新娘的手，那個小女人也同樣握他一下，就在這電光火石般的一握中，多少心意立刻互相通達。兩人同時都明白，從這一刻起，他們兩人永遠不能再分你我，任何事情都將是榮辱一體，甘苦與共的生活在一起了。

家是有了，一個多麼簡陋的家啊。以前是兩隻自由的鳥兒，可以自由的飛翔，可以棲息在任何枝頭歌唱。現在不同了，已經不允許再那樣單獨生活了；因為他們已經築成一個共同的窠；這個窠使他們有了遮風避雨的地方，使他們得到快樂與溫馨。但是一個男人，他有責任來美化這個窠的環境，保持這個窩的永遠安寧。

余明現在正面對這種困擾，低收入的工作，使他對不寬裕的家庭生活心懷愧疚。固然周亞萍沒有為這種捉襟見肘的日子，發過一句怨言，她量入為出，儘量撙節開支，使衣食不虞缺乏。但余明的自尊心很強，他覺得一個男人如果結了婚，即應對太太的幸福負責，讓她舒舒服服過日子，不必為生活憂慮。如果這一點都做不到，就有虧做丈夫的職守。因此從前那種吉他聲伴著歌聲的快樂日子，一下子就變成柴米油鹽醬醋茶的煩惱。

儘管日子那麼艱苦，房租及生活緊壓著他。使余明感到安慰的，他的愛情卻沒有因此褪色，反而色彩越來越燦爛。並且他也沒向任何人訴過苦，安邦有時候問問他生活的情形，他總是做出很快樂的樣子，表示日子過得很好。父母有時也寫信來，好像他們也知道他賺錢不多，養家困難，信中便老是問他需不需要用錢，以便給他匯寄。他在信中卻從來沒有開過口。他已經長大了，身體也壯，兩條腿能站得穩穩的，兩肩能挑起很重的擔子，兩手能抓緊任何東西。父母年紀大了，又要養育弟弟妹妹，供他們讀書。自己也沒有錢往家裡寄匯，已經夠慚愧，怎能再要父母的錢，讓父母操心。

改善生活，創事業，成為余明全力以赴的目標。但道路始終開闢不出來，心境難免會感到抑鬱。那個小女人確實太聰明，她察顏觀色，就可以透視出丈夫的心情。她也確實太善良，更有無比的溫柔與體貼。這時候她更會給他泡一杯熱茶，把吉他拿給他。他撥著琴弦，她就會伴著琴聲哼起來；在音樂聲中，在柔情的溫慰下，余明那陰霾的心境便會很快的豁然開朗。

任何一件事情是急躁不得的，越急躁，心境會越亂，更不能好好的去創一番事業。「生命中需要一個安靜的季節。冬天是春的母親，夜是日間能力的泉源，安靜的泥土是產生蔬菜的根源。偉大的事都是從靜候的時間中得來。」靜靜的等候，找尋機會。

十一

機會終於來了。

一天中午余明在街頭碰到一位在軍中服役時候的長官。他告訴余明，他現在已經離開軍中，在梨山開荒種植水果。那兒自從橫貫公路開闢後，梨山一帶的山地由於交通問題得到解決，正在大事開發。因為那兒的氣候和土壤，十分適宜種植經濟效益很高的蘋果、水梨等作物，輔導會便輔導退役官兵去開荒，開發山地的寶藏。

余明是一個有心人，他怎肯放過這個機會；便立刻問這位長官，他如果有意去開荒，是不是有資格。開出來的土地又怎麼辦，他對種植水果是一竅不通的。

那位長官給他的答覆很圓滿，到那兒開荒，人人都可以去，祇要你能買到地，又吃得下苦；山地生活是相當艱苦的，誰也不會阻攔你的。唯一會阻攔你的，就是你的意志力，你有沒有那份決心。那兒的土地也不貴，祇萬把多塊錢一甲；能弄兩三甲地，開闢出來，就是一個很大的果園了。至於技術方面，那更不用耽心，政府會派人給你技術輔導，一定會讓你種植的果園開花結果。於是那位長官特別認真的給余明建議，如果一時找不到合適的工作；與其這樣不飢不飽的拖，倒不如到山地去謀發展。所謂「十年樹木」，苦個十年八載，就是一份事業。他在那兒很熟，可以幫余明接洽買地的事。然後他留下一個通信地址給余明，如果余明認為可以吃下那份苦，就寫信跟他連絡。

懷著興奮的心情朝回家的路上走著，一路都在不停的盤算，創業，吃苦；吃苦，創業，「十年樹木」，能夠「樹木」也是一份事業。余明是不怕吃苦的，祇要有希望，他認為吃苦都值得。所謂「吃得苦中苦，方為人上人」，一分代價，一分收穫。但使他困惑的，是他現在有了家，亞萍且有懷孕的跡象。此時此刻，他怎能離她而去，跑到遠遠的山地；同時亞萍又怎會放他去。因此阻攔他前往的原因，不會是苦，將是亞萍那萬縷柔情。但想到創業，一番奮鬥之後，便會出現一個光明遠景，機會多麼難得啊。他抬頭向前望去，彷彿面前出現了一片可愛的青山翠谷，出現了一個廣大果園。那些蔥蘢茂盛的果園，像一片綠色的海，滿樹滿枝垂掛著纍纍的結實。

要去！一定要去！想到山地，余明又想到第一次見到周亞萍那天的情景。他還記得在窗口遠處那座山，是那般的峻偉，高挺、雄壯，給他多少鼓舞。也由於那種山一般的性格，才征服了這個小女人，使她死心塌地的愛上他。現在他應再用這種性格，去山地創業。

回到家裡，周亞萍迎面就送上一個甜蜜笑靨，但她馬上又詫異的看看他，疑慮的問道：

「你倒有什麼事，好像很高興。」

「那裡有高興的事，倒是今天在街上碰到一位在軍中服役時的長官。他現在在梨山開荒種果樹，據說將來很有發展，我也想去試試看。」

「到山地開荒，那很苦啊。」亞萍本來在做飯，現在也放下工作急切的問。

「聽說很苦。」

「你能受得了那種苦？」

「所謂苦，祇是一個感覺。你覺得苦，它就苦，你覺得樂，它就樂。何況人家受得了，我當然也受得了。像我們現在，還不是很苦，但也過得很好。」

十二

「是啊。」亞萍眨動一下她的大眼睛，流露出對這件事的關切：「我們現在過得很好，又不愁吃，不愁穿。你為什麼要到山地去受那個罪？」

「我們要為將來打算啊，我們不能永遠侷限在這樣一個環境裡，永遠過這種沒有希望的生活。所以我想現在就是吃一點苦，祇要有希望，能創出一翻事業來，於人於己都有好處。苦也是值得的。」

亞萍看看他，又輕輕咬咬嘴唇。

「我剛才考慮過了。」余明見亞萍不著聲，又繼續的說：「我到山地去，什麼問題都沒有。我能吃苦，又不怕吃苦，唯一的阻力可能是你。」

「為什麼我會是你的阻力。」

「因為你會不讓我去，怕我吃苦。並且你現在已經有了身孕，我也會放不下心。」

小女人眨動一下眼睛：「我不會阻攔你去的，男人就是要闖，才會有希望。」

「你說的對，我就是要去闖一下。」

但她停了一下，又看看余明說：

「我覺得這件事還要考慮一下。」

「對的。」余明點了下頭：「如果不考慮清楚了，我也不會冒冒失失就跑去。」

「那我做飯去了，我們回頭再好好談。」

小女人扭動著腰軀走開了。她是有孕了，從她腰身的扭動的樣子就可以得到證明。余明對面臨的這些事故，一時不曉得是興奮，還是憂慮。他走到臥室把吉他拿出來，撥著琴弦彈動。他已經很久沒彈吉他了，自從結了婚，除了新婚那段時期，整天充滿了弦聲不絕的快樂。後來生活的擔子一天一天壓緊他，壓得他失去那種撥著琴弦高歌的閑情逸緻。如今他覺得心頭那種感受，非藉吉他抒發出來不可。於是一面撥弄著琴弦，一時心頭那股情緒都隨著弦聲一齊奔放出來。

亞萍端菜進來時，向余明微笑問道：

「你在彈什麼？」

「祇是隨便彈彈。」

「別那麼愁。」又是嫣然一笑，聲音是那麼溫柔：「我不會成為你的阻力，我剛才想過了。我要是往遠處想，往大處想，就應該贊成你去。」

「你真好，亞萍。」輕輕在她臉頰上親了一下。

「我剛才也替你想過，你要是去，一定要一筆錢。我們是沒有什麼積蓄的。」

「這個我也想過，我可以去跟安邦商量，我知道他有一點積蓄。過去他經常問我，缺不缺錢用；我們沒有特殊事故，當然也不會用他的錢。如今我們真的需要錢用，我想他一定會盡力幫助我們。」

「我們用安邦的錢，合適嗎？」

「用安邦的錢有什麼關係，我們的感情太好了，真是像兄弟一樣，可以說有福同享，有難同當。這件事我們如果成功了，也就是他的成功。等回吃過飯，我就去找他商量，我想絕對沒有問題的。」

十三

「你也不用去找他，我想他今天晚上不來，明天晚上一定會來；明晚他沒有課的。」

「你算的那麼清楚。」

「他除了我們家，還有什麼地方可跑；你算算他那一個禮拜，不往我們家跑三四次。」

亞萍的語音剛落，外面就有聲音接上了。

「你要那樣講，我就不進門了。」

「進來！進來，安邦，你來的正好。」

「你兩口在背後說我什麼壞話。」

「真是說到曹操，曹操就到。」

「來遲了就趕不上飯啦。」安邦說著便推門進來，自從余明結婚後，他就成了這個家庭的常客，一得便就來串門子。好在他跟余明是好朋友，周亞萍也不把他當做外人。碰到飯就吃，喝茶就自己動手沖。

「我正有事跟你商量哩。」余明衝著他說。

「什麼事情？」安邦不待招呼，就逕自在沙發上坐下來：「不是什麼大事吧？」

「正是大事。」

「那就談談吧，我也可以給你參謀參謀。」安邦正了正身體，翹起二郎腿。

「先吃飯吧，吃了飯再談。」亞萍在忙著整理飯桌。

「吃飯那麼急幹什麼，談過了再吃也不晚。我要曉得，你們到底有什麼重要的大事，在背後嚼我。」

「要找你幫忙呢。」余明笑道。

「那沒有問題，一定會盡我的力量。」

「你聽我說，安邦。」余明挺了挺身體鄭重的說：「在沒談到正題以前，有件事情想聽聽你的意見，看你是不是贊成，然後再談正題。」

「但看是什麼事了。」

「我想到梨山去開荒。」

「這個……你怎麼會有這種想法？」

「你聽我說嘛。」余明又正了下身體：「我今天在街上碰到一個人，你猜是誰？就是我們在工兵營服役時候的周卜仁排長。他現在已經退伍了，在梨山開荒種果樹；據他告訴我，梨山一帶自從橫貫公路建築完成，對外交通方便的多了。並且那裡的山地非常適合種植蘋果、梨，這類高經濟效益的水果，又有政府做技術輔導，將來一定很有發展。所以我想去冒一次險。」

「好哇！我贊成。」

「我也算到你會同意，因為你正在為將來『百年樹人』的工作嚼書本。我雖然沒有那麼大的志向，但幹『十年樹木』的事情，您一定會支持我。」

「你別這樣說好不好，余明。『百年樹人』是大事，『十年樹木』也是大事。都是一種建設。」

「政府現在正在大力建設，人的建設和物的建設同樣重要。但我算就有個人了，不會讓你去。」

「你說誰啊？」

「遠在天邊，近在眼前。」

「你說亞萍啊？」

「她會同意你去嗎？所以你想去，我贊成，都全沒有用處。她一句話就給否定了。」

「你錯了。安邦，她贊成呢。」

十四

「真難得，真難得，亞萍會讓你到山地去。這一關打通，就成功一半了。」

「那我們就談正題吧。」

「錢的問題，是吧？」

「對的。」余明點了一下頭；「到山地去開荒，別的問題都不成問題，因為我不怕苦，也有了跌倒了再爬起來的勇氣，有信心一定會成功。我耽心的是兩個問題，一個是亞萍不同意我去，一個是資金。現在亞萍那一關是打通了，資金的問題便想找你商量，我們是好朋友，像親兄弟一般，希望你能幫我這個忙？」

「我不是早就說過了，你如果要用錢，儘管張口。我有多少就給你多少，我倆還分什麼你我。」

「那麼你有多少積蓄？」

「不過五六萬塊。」

「我想暫時不會用那麼多，有一半就夠了。再加上我們的一點積蓄，先把地買下。」

「你們有多少積蓄？」

「那要問亞萍，大概不會多，她整天省吃儉用，一點一滴從牙縫裡剔出來的。」

「那又何必呢，一總在這裡拿算了。」

「那些等回頭再研究。」余明沉思了一下，把身體向前傾了傾：「我現在還有話說。安邦，我們是好朋友，不見外，所以我有話也直說。我這次到山地去，我相信十分之八九會成功；要運氣不好，也會失敗。因此我拿了你的錢，就算你投資，你出財力，我出人力；將來成功了，也是我們兩人的成功，事業也是我們兩人的。萬一不幸失敗了，你也不必怨我，我也沒有什麼好說了。」

「放心吧，別說這些廢話，我相信你一定會成功。我知道你的性格，跌不倒的。」

「總要防萬一呀。所以我們必須『先小人，後君子』。把話事前說明白。」

「我也說一句話，如果你成功了，把錢還我就好；如果失敗，那就算了。」

「那不成，那便宜都叫我佔盡了。」

「我也不能不勞而獲呀。」

「那我寧可不用你的錢。」

「我們既然是好朋友，何必分得那麼清。」

「對呀！我就不願意分得那麼清。」見安邦的話說得那麼嗆，余明也緊接著說：

「既然是好朋友，就要好大家都好，壞也大家都壞。如果我失敗了，你認倒楣；那麼我成功了，你當然也有一份。」

但安邦馬上接上話頭：

「我不願意坐享其成。」

「難道我就願意做對不起朋友的事情。」余明也跟著頂回去：「世界上沒有那樣便宜的事情，拿了人家的錢，如果成功了，不過是還錢；如果失敗了，便連一點責任都不負。我不是那種人，我做不出來。」

兩個人的聲音越說越高，也驚動在廚房的人。

十五

「好了！好了！吵什麼！菜都冷了，還不吃飯哪。」亞萍見安邦來了，又要加一個菜，聽到外面吆吆喝喝的，以為兩人在吵架，菜也顧不得炒就跑出來：「好朋友嘛，大家應該互相幫忙，當然有福同享，有難同當。如果還要分彼此，還有什麼意思，算什麼好朋友。不要再吵了，快吃飯吧，別的話吃過飯再談。」

就這樣，余明上了梨山，託周卜仁給他在一個山坡上買了三甲山地，開始在青山翠谷中創業。然而時間何其快呀，十年了，十年的時間就像一陣風，一眨眼就過去了。可是在這十年的時間裡，余明能從這滿是砂礫、野草、荊棘的荒山上開出一條康莊的坦途，又是多麼艱辛的事。回想當初剛到山上那段時間，看到那片磽薄的砂礫土地，他的心幾乎涼了半截子。他真懷疑，在這般荊棘遍地的荒野裡，能創出個什麼名堂。如果不是那個不怕失敗的堅強意志支持著他，可能會立刻掉頭下山，把到山地創業看做一場噩夢，永遠不會回來。但他強迫著自己留下來，搭起一個聊遮風雨的茅棚，奔向十年樹木的大業。苦！天曉得那種苦到了什麼程度，整天在那砂石與荊棘中胼手胝足的忙碌。熱辣辣的太陽從天空射下來，像火一樣烤著脊樑，背上的皮膚爆了一層，又是一層，可以像紙一般揭下來。為了除草、搬石頭、砍伐野生灌木、鬆土，兩手上的老繭，硬得變成乾黃。把手一張，但見被野草跟砂石劃的傷痕，一道深，一道淺，交錯的縱橫著，整個手掌沒有一塊完整的地方。這些傷在白天工作的時候，麻木了倒不覺得怎樣痛；到了晚上蘇息過來時，就會絞心的一般。

緊咬著牙根，堅強的撐下去。山中的歲月，是極端的寂寞，單調得使人感到乏味。可是山中的景色，卻氣象萬千般壯麗。在春夏的季節，山中的天氣晴朗，祇見滿山遍野的綠樹芳草，交映成翠，呈現出一片生生不息的活潑景象。當黃昏時分，滿天彩霞映著山巒起伏的大地，青碧的山嵐，會塗上淡淡的金彩，凝目處就是一個瑰麗畫面。這時余明就會把吉他拿出來，撥弄琴弦彈著、唱著，一天的辛勞就在弦聲中溜走。可是到了冬季，山高風急，寒風颳起來會像刀子一樣，無論穿多厚的衣服，都會被尖銳的寒風穿透。此時那個簡陋的茅棚，便如同無物。余明經常在深夜裡被寒風刺醒，要睡也睡不著，起身穿好衣服，踏著沉重的步子，在屬於他那塊土地上徜徉。這時星月在天，萬籟俱靜，遠望層峰疊嶂，一個個現出孤寂的影子；而更遠的地方，則一片茫茫。於是他就會遙遙想起在台北的妻子，和在襁褓中嬰兒，母女一定安靜的沉睡在夢中。也或許那個小女人正在思念他，深夜孤燈對坐，無法排遣那份相思的苦況。想到這裡，他就會問自己為什麼？為什麼要到這裡受這個苦？祇為了那個希望，值得嗎？

當然是值得，如果不值得，就不會有今天。

一年，兩年，三年過去了。土地開闢出來，石頭移走了，野草除光了，泥土鬆過了，樹苗植進土裡。又是一番春風，又是一番春雨，樹苗便欣欣的生長起來。看到那油綠的葉子，扶疏的枝條，一天一天長高的樹身，余明就覺得希望在迎著他微笑。

十六

更辛勤的除草，更辛勤的施肥。他多麼希望果樹能在一夜之間長大，結出豐碩的果實。

但是急躁成嗎？要成，也不用「十年樹木」了。

「是嘛！偉大的事業都從靜候的時間得來。」

余明給自己訂下一個規定，每半年回家一趟，看看那個小女人，看看漸漸長大的嬰兒。想起來也好笑，他記得第一次下山回家的時候，亞萍見了他那個黑黝黝的樣子，笑他是野人，山上下來的野人。幸好是在家裡；如果在街上碰到他，可能會認不出他來。

多麼感謝呀！感謝妻子對他那份無微不至的體貼。不論她在台北的生活多麼苦，她對他卻隻字不提。使他在家這段時間，儘情享受家庭的溫暖，給他縫補衣服，整治他喜歡的菜餚，當然也有萬般的溫情。

更感謝安邦對他的幫助，珍貴的友情在這時候才能顯示出來：如果沒有這位好友的幫助，余明絕創不出今天這番事業。安邦是個沉靜的人，設想周到，使他在山上的用度不虞匱乏。有時一封信，需要的東西便立刻寄到；有時連信都不用寫，生活的必需品都會按時到達。有了他的照料，就可以使他在山上安心工作。但他不過是一個低收入的小職員，又要讀書，又要幫助他們，可見他的生活節儉到什麼地步。他每逢看到安邦那張瘦削的臉，就慚愧得不敢正視；他是瘦了自己，肥了別人。

果樹長高了，枝葉壯了，開花，結實。余明笑了，他成功了。看到一個個大的蘋果，閃著紅紅的光彩。就覺得是他生命的光彩，成功的光彩。

果園在果樹開花時節已經被果商包走，余明特地保留幾株供自己享用。現在他帶著果商交來的貨款跟摘下來的蘋果，興奮的走下山去。並從所有的蘋果中選了兩個最大的，一個給妻子，一個給安邦。

第二個孩子早已經生下來，這對小兒女都長得活潑可愛，親暱的偎在他的身邊。安邦坐在他對面，他已經大學畢業，在一個國中教書。

「你真的成功了，余明，我誠心的恭賀你。」安邦緊握著余明的手，誠摯的說。

「你恭賀我幹什麼，該恭賀你自己才是。」

「我有什麼好恭賀。」

「這個果園是我們倆的，成功也是我們倆的。」

「這不可以，余明，你的成功就是你的成功。」

「喂……安邦。」余明把身體突然坐直：「現在不要顧左右而言他。我們當初早就講好了，失敗了大家都沒有怨言，成功了也是兩人的。」

「我絕不願意不勞而穫。」

「難道我就願意白用你的錢。」

「那你還我的錢好了。」

「你說怎麼還吧，我不會算。因為這不單是幾個錢，裡面還有感情成分，還有一些用金錢無法計算的心意。我覺得把整個果園給你都不算多。」
安邦賭著氣不講話了，余明也滿臉不高興。
這時候突然眼前一亮，周亞萍打扮得花枝招展從裡面走出來。她一看眼前的情景，就曉得這兩位好友又在鬧彆扭，便滿面春風的笑道：
「你們怎麼不談話呀。」
「想談。」余明生硬的說。
「怎麼好朋友一見面就抬槓，何必呢。我今天也要偷偷懶，不做飯了。我們外面吃去。」
十年，十年的時間竟是這般匆匆。但余明「十年樹木」的願望完全實現了，他在山上蓋了房子，把家也搬到山上來，生活過得十分愉快。唯一懸在心頭的事，是安邦還沒有結婚；他多麼希望這位好友能早早成家，過溫暖的家庭生活。如今總算有了眉目，他已經訂過婚，等於一切完全就緒，祇等結婚那一步了。到時候他一定會帶著全家大小到台北祝賀。

十七

蛋糕在盒子裡溢出股淡淡香氣。余明又走過去，打開盒子看看，把破損的地方又整理一下。於是他驟然想起一件事來，為什麼不現在就辦呢。便大聲的叫道：

「亞萍，你在做什麼？」

「我準備做晚飯了。」

「家裡的菜多不多？」

「你要做什麼？」

「我要請幾個客人來吃飯。」

「還可以，就是肉不多了。」

「那我開車子去買一點，馬上就回來。」

「那你看看有別的菜，也帶回一點來。還有你打算請些什麼客人，也先告訴我一聲，好早早準備。」

「還不是周卜仁先生和幾個鄰居，都是熟人。我的目的是一方面請他們吃個便飯，一方面想請大家一道商量兩件事情。我今天帶回來這個蛋糕，不是在路上顛壞了嗎？本來在路上我就想：這條路早就應該設法舖柏油了，等再過幾天，我就出頭來辦。現在我一想，何不趁今天這個機會，請大家來談一下，以後著手去辦就成了。另外就是這裡的教育問題，也是很重要的，也請大家一塊商量商量，多捐幾個錢出來，好有一點鼓勵。」

「那好啊，我早就想到這個問題了。前幾天我和周太太談過，她也有同感。何況小萍跟小明漸漸大了，總得讓他們好好的受教育。」

「那你趕快準備吧，我去買菜請客。」

跳進駕駛座，把馬達發動起來，車子便立刻駛出果園的大門。平直的路又在余明面前展開，遠遠伸出去，他相信祇要把住在兩邊果園的主人邀來一商量，這段石子路面很快就可以舖上平滑的柏油。他把車子慢慢向前駛著，看著兩旁的一片片廣大果園，都那麼蔥蘢茂鬱。但想想剛來時候那番情景，所受的那些苦，能有今天這樣的成果，真是太不容易了。而現在亟待努力的，是這兒的教育問題。他相信他有法子把安邦拉了來，他也相信這兒的居民都會支持他這種做法，共同為發展山地教育努力。那麼展望這兒的遠景，是一片光明燦爛。

路是人走出來的，但不論一條多麼崎嶇的路，祇要你勇敢的走，就能走出一條康莊大道。

作者喬木

一九七五年六月二十日刊載於青年戰士報

畫展

星期天的早晨岳鹿醒的很晚，雖然宿倦尚未完全消除，可是連打個盹的意念也沒有，更重要的是——一份當天的日報，早已放在他的床頭櫃上，他迫不及待的拿起報紙，翻到「藝文版」：立即發現他寫的那篇特稿『一顆升起畫壇的新星』，在上面闢欄刊出。他暫時不急著去盥洗，急急的把那篇專欄重新看了一遍。這也是他今天為什麼起得這麼晚的原因：就是為了這篇專欄。因為這家報紙藝文版的編輯，昨晚一直坐在他身邊催稿，把他逼得胡裡胡塗的寫出來交差，唯恐忙中有錯；現在看來雖是急就章，大致還不算錯。頓時精神也有了，喚起太太趕緊整裝出發去看畫展。並且相信經過他這篇專欄的介紹，畫展的場面一定會空前的熱烈。

一

已經是三年前的事了，岳鹿出了機場，放下手提行李，張開雙臂做了一個深呼吸，對走在身邊的太太，吐出一句帶著十分感慨的話：

「好累啊！」

「你還知道累？！」太太笑著頂了一句。

「我知道你更累。」岳鹿深情的看了太太一眼，順手把她太太冷梅往懷裡一攬，就把那個小女人摟在懷裡。

「我這點累算什麼？」小女人媚笑著往他肩上一靠：「你能有今天，是靠你自己的堅持。」

「可是你那麼多嫁粧，都被我糟蹋光了。」

「說那些幹什麼，人都給你了。」

「你越這樣說，我就越覺得慚愧，冷梅。」岳鹿說的是真心話。他生命中要是沒有這個小女人，就不會有光輝燦爛的今天。說不定，至今還是一個流浪紐約街頭，等路人施捨的街頭畫家。

我們不說那些了，冷梅從岳鹿懷裡轉過臉看著他說：「我們不是要回來渡假嗎？就應該開開心心的玩，不再說那些煞風景的話。」

「對！對！開開心心的玩！」

「那現在就開始吧！」

「不！那得一個禮拜以後，我跟你講，冷梅。人哪！都是一些俗不可耐的動物，誰也脫不了吃、喝、拉、撒、睡。越吃得好的人，拉出來的東西越臭。我想利用一個禮拜的時間，看看老朋友、看看故宮、以及一些美術館和幾個收藏家的東西。反正老劉已經答應過我們，把他那幢陽明山的別墅借給我們三個月，也不會有任何人打攪我們，讓我們就開開心心的在那兒渡假，什麼事都不管。」

「我耽心還是會走漏消息，那些無孔不入的新聞記者，又跑來找我們的麻煩。」冷梅仍不放心的看著岳鹿。

「不會的，老劉答應我，絕不向任何人透露消息。」

「就我們兩個人，那不像渡蜜月一樣。」

「你知道那叫什麼？那叫『相看兩不厭』。」

「貧嘴！」冷梅也笑了。

兩口果如所願，在忙完一些俗事後，來到陽明山。並跟冷梅約定，在渡假期間，除了自己有事，需要向外打電話，外來的電話一概不接。讓外界認為他們夫婦像在人間消失似的。

那知到了第三天，客廳桌上的電話突然響了，岳鹿是鐵了心，任憑電話怎麼響，他連理都不理。坐在一旁的冷梅，竟忘了先前的約定，習慣性的拿起話機「喂」了一聲，接著便回應道：

「是的！什麼？你要來看他。你貴姓……陳先生。」接著冷梅捂著話筒，問岳鹿道：「有個陳先生，要來看你。」

「不是講過了嗎？誰的電話都不接。」

岳鹿說歸說，見太太沒把電話切斷，只有耐著性子坐下來，等太太把電話說完。煩！煩！怎麼會有電話來，難道他們連想渡個假，都不得清靜。

也難怪岳鹿煩，他是上個月才從歐洲繞道回國的。在這以前，他在美國整整住了三個多月。那是前年冬天，他接受紐約綠野現代藝術中心的邀請，在那兒舉行一次現代畫先驅展；展出的作品有一百多幅，在當地藝術界引起一陣巨大轟動，認為是近年來難得一見的現代畫展覽。

當然岳鹿的成功，也不是得自僥倖。他這次展出那一百多幅作品，都是他最近三年的精心創作。本來在一九七一年春天，他也曾雄心勃勃的在美國舉行一次現代畫巡迴展覽；目的在使自己的作品，能得到一個公正適當的評價。可是他雖被美國藝術界評為最有希望的現代畫畫家，但對他的作品卻沒高度的重視。那是由於他在風格上遭受感情主義的束縛，太過於重視作品的朦朧世界，使作品在意境上不夠遼闊。因此在氣韻上雖隱隱含著一種音樂節奏，但卻不夠流暢。於是他暫時放下畫筆，用半年的時間作一次環球旅行，遊覽天下名山大川和名勝古蹟，增加自己的器識。畫風便因而不變，躍出自我分析的窠臼。直接以大自然為藍圖，用超客觀的抽象構圖，改變其基本形象，賦予作品一種特殊性格，洋溢著大自然與人類間感情的連繫，表現出山水煙霞中那種流暢的音樂節奏。特別是那種活潑的重疊筆觸，使音樂節奏，彷彿鏘然的從作品裡面流了出來；不再沉湎在夢幻世界，用多層塗彩舖展出遼闊豐富的人生。

臺灣新聞界的敏感，有時是像瘋子般缺乏理性的狂熱，不考慮新聞的價值，只一窩風亂搶。不過這一則新聞他們倒是抓對了，當岳鹿在紐約畫展轟動實況，經新聞界錦上添花的報導後，在臺灣藝術界也掀起一陣巨浪。因此岳鹿載譽歸來時，腳步一踏進國門，便遭受極大的困擾。新聞界搶著訪問他，雜誌界請他撰稿，藝術界請他演講，收藏家登門索畫。一時令他心力交瘁，不知如何應付是好。他原先一再期望成名，現在他名成利就了，卻也嚐到成名的煩惱。於是決心躲開這些紛擾，到一個清靜地方，蘇息一下疲倦的心身，和攪纏不清的酬酢。

因此當岳鹿偕太太來到陽明山朋友的寓所，臨走時還再三囑咐僕人老田，不要告訴任何人他們的行蹤；如果家裡沒有特別事故，也不要打電話給他。這一著棋他算走對了，他們來陽明山，已經三天了，還沒接到任何電話，打攪他們的清靜。

這時冷梅已經跟對方講起話來。

「什麼？你要見岳鹿先生，請問你叫什麼名字？你講什麼？哦！陳鼎龍？陳先生。」

「他叫什麼？陳鼎龍。」岳鹿在一旁問。

「是的！你認識他嗎？」

冷梅又捂著話筒對他說：「他說有什麼事情，要到陽明山來見你。」

「我不認識這個人，你告訴他，我沒有空。」

「對不起，陳先生。岳鹿先生最近很忙，抽不出時間跟你見面，以後有機會再講好了？什麼？你有重要的事情？一定非跟他見面不可。怎麼？你曉得我們在陽明山渡假？陳先生，你聽我說好不好？你別急嘛！你讓我先把話講完嘛！我覺得一個人不能這樣子，不管我們同不同意，你都要來見岳先生，那不是強人所難了。何況你已經知道我們在渡假，為什麼不讓我們安安靜靜享受幾天假期？」

「他到底要做什麼？」岳鹿見太太說好說歹跟對方講了大半天，對方還沒個完，就有點惱火。

「他堅持要見你。」

「我自己跟他講，那有這般不講理的人。」他氣呼呼的站起來，伸手搶過冷梅手裡的電話：「你到底要怎麼辦嗎？我太太那麼跟你說好話，你都不肯答應。難道我們就沒有不跟你見面的權利嗎？」

「你別發火嘛！岳先生。」

「不是我發火。」岳鹿的語氣緩和下來：「因為我們既然出來渡假，就希望安靜的不受打攪玩幾天。你有什麼要緊的事？就不能多等幾天？」

「我是真有重要的事情。」

「那就在電話裡談，好嗎？在電話裡講也是一樣。」岳鹿的火又來了：「我能幫忙的，一定幫忙。」

「有你岳先生這句話，我就放心了。」對方的聲音中帶著喜悅的興奮：「岳先生，我陳鼎龍你當然不認識；但我父親你一定會認識，他叫陳逢源。」

「陳逢源？這個名字是很熟。」

「他是嘉仁製藥公司的董事長。」

「哦！陳董事長。我認識，前幾天他還到我家裡來過一次，拿了我一幅畫去。他還請我到你們家裡的收藏室參觀，裡面收藏的東西真是很豐富啊。」

「所以我才請你幫我一個忙，岳先生。因為我父親對你很佩服，你的話他一定會聽。」

「你要我幫忙什麼事情？」

岳鹿聽說對方是陳逢源的兒子，興趣馬上來了。上次他到他們那個收藏室，走馬看花的溜了一圈，對滿屋子裡那些珍貴而豐富的收藏品，至今猶不能忘懷。不過他們那間收藏室也真大，佔地總有兩三百坪吧，裝設得十分古樸典雅。就憑這一份樸拙的氣氛，就曉得主人定然是一位不俗之士。一幅一幅的名畫，有古典的，也有現代的。還有許多雕塑，有的手法十分細緻；有的則極其粗獷古拙；但每一件都是珍品。另外還收藏了很多古代藝術品、歷代的錢幣、玉器、瓷器、銅器等等，都很有秩序的分門別類陳列著。岳鹿當時就希望能再找個適當機會，到這個收藏室仔細的流連一遍，對每一件藝術品都細心的加以鑑賞。現在機會來了，他當然不會放過。

「是這樣的，岳先生。」對方的語調很緩慢：「不知道我父親有沒有跟你講過，我們陳家，在臺灣可說是醫學世家，一連好幾代，都是學醫的。到了我們這一代，我的一些哥哥姐姐，以及堂兄弟姐妹，也都繼承了祖宗的這個優良傳統。本來嘛，在臺灣，醫生是最吃香的，只要能做醫生，就可以名利雙收。偏偏我這個人違反這個傳統，從小就對醫學沒興趣；倒很喜歡繪畫，一心一意想做個畫家。」

「那也很好呀，能做一個畫家，也是一件很高尚的職業，並且比做醫生也難得多。唯一的問題是，做了畫家就得受一輩子窮，無法像醫生般財源滾滾而來。」

「問題就在這裡，我父親不同意我做畫家。」

「不會吧？我看令尊的人也是雅的很。」

「是啊！我父親也算是個很開明的人。過去我對畫畫有興趣，不肯走醫生這條路，他雖然不贊成，也不過分反對。甚至他還贊成，一個人應該朝著自己的興趣求發展；可是他現在卻不允許我往繪畫方面發展了。」

「那是為什麼？」

「我父親不是嘉仁製藥公司的董事長嗎？實際上，他對公司的事情，一點都不管，都是總經理負責。可是那位總經理最近辭職了，一時找不到合適的人選，我父親就要我去接這個職位。他說畫畫這種事情，小時候玩玩是可以；大了，就應該正正式式闖一番事業。要再那樣好玩，就要落得老大徒傷悲了。」

「你父親的話也很有道理。」

「可是我對繪畫的興趣，愛好到了著迷的地步。況且我對我的作品也很有信心；相信繼續不輟的畫下去，遲早也能畫出一點名堂。那麼現在要我去當什麼總經理，不像殺了我一樣。所以我才來求你，請你在我父親面前，幫我說幾句話，讓我繼續學畫。」

「我的話，你父親會聽嗎？」

「我想他會聽的。因為他十分推崇你，他說一個藝術家能到你這種地步，也算是成功了。比其他任何的事業家，都絲毫不遜色。所以我才請你幫這個忙；只要你能向我父親證明我的畫是有前途的，他就會讓我繼續畫。」

「我還沒看到你的畫是什麼樣子？」

「只要你答應跟我見面，我馬上就送過來給你看。」

「好吧！我答應幫你這個忙；如果你真的適合走藝術這條路的話。但你現在不要來，我們要出去散步；晚上七點，我在房間裡等你，你帶你的畫來。」

「謝謝你，岳先生。」

二

岳鹿跟他太太仍然按原計劃出去散步。出了寓所的大門，便沿著公路慢慢走著。暮春季節的陽明山，已經花事闌珊。人們經過花季一陣子的瘋狂，大部分都靜了下來。只有一些不肯在花季時節趕來湊熱鬧的人，此刻卻懷著一種惜春的心情，來山上拾取一片落英。彷彿就可以抓住春光的餘韻，不辜負這個美麗春天。

慢慢的向前走著，四周綠肥紅瘦的景色，展現出一片賞心悅目的風光。岳鹿心頭卻始終迴盪著，陳鼎龍請他幫忙那件事情。他父親竟不允許他走繪畫這條道路，簡直不可思議。照岳鹿的看法，陳逢源是一個思想極為開明的人。雖然他跟他僅一面之緣，也無深交，可是對他那種開朗豁達的氣度，卻印象極為深刻。岳鹿還清楚的記得，陳逢源那天到他畫室來的情形，他穿了一套白色西裝，花襯衫，打著黑領結。他的頭髮梳得油光水滑，臉色紅紅的，在嘴唇上面留了一綹小鬍子，渾身潔潔淨淨，顯得容光煥發，流露著充沛的活力，一派紳士風度。

他先向岳鹿說了幾句仰慕的話，接著便掏出一張印刷精緻的名片，十分客氣的遞給岳鹿。

於是岳鹿才了解來人的身分。

接著陳逢源又向岳鹿表示：他到這裡的目的，一方面是來瞻仰這位大師的丰采，一方面要求岳鹿給他一幅畫；並且要岳鹿最得意的作品。

岳鹿想到這兒就禁不住慚愧得臉紅起來。他活了大半輩子，足跡到過世界許多角落，怎麼還會沒見世面似的。因為他的畫在紐約展覽期間，最高的價碼曾經賣到一萬美金一幅；最低的數目，也都在一千美金以上。現在怎麼來個這般冒失鬼，一開口就要他一幅畫；並且要他最好的作品。天下那有這樣便宜的事情，一幅價值十幾萬新臺幣的畫，就叫他白白拿走。

他大概看出岳鹿的尷尬，爽快的笑道：

「你放心，岳先生。我決不會讓你吃虧。只要你肯給個面子，我一定會使你滿意。」

「你知道，陳董事長，我的畫在美國展覽的時候，一幅畫的價值都要幾千美元。」岳鹿覺得有必要把話先說清楚；如果等他把畫選定了，價錢又談不攏，爭得面紅耳赤，這才是最傷感情的事情。

一陣哈哈大笑，便見陳逢源掏出支票簿，用筆在上面一揮，便撕下來遞給岳鹿。

「這個數目可以嗎？岳先生。」

「四十萬！這……」

「如果你覺得太少，我們還可以商量。反正我今天決心要拿走你一幅。」

「我不是這個意思，我是覺得數字高了一點。」

又是一陣哈哈大笑，手在岳鹿肩上重重拍了一下。

「藝術無價，藝術無價。不瞞你說，岳先生，我雖不是什麼鑑賞家，但卻很喜歡收藏藝術品，所以對藝術市場的行情並不陌生。剛才看過你的畫，就覺得花四十萬收藏你一幅畫，絕對值得。岳先生，你今天如果有空閒，歡迎你到我那個收藏室去參觀一下；看我的收藏，是不是會污蔑你的作品。」

「不好意思了，陳董事長。」

「藝術家也要吃飯，對吧？」

岳鹿也哈哈大笑起來。

「那現在就走吧。先到我那個收藏室打一個轉，然後再一道去吃個便飯。岳先生，你這個朋友我是交定了，畫家是雅人；跟畫家做朋友也可以沾一點雅氣。」接著又是一陣朗朗的笑聲。

岳鹿被他那慷慨豪爽的熱情折服。接受他參觀收藏室和吃飯的邀請。他覺得像陳逢源這樣一個開明的人，會那麼固執，實在令人難以相信。

三

「我非常不了解，陳先生。你為什麼不把這些畫拿給令尊看？我想以令尊對藝術的鑑賞力，他看過你這些作品以後，一定會同意你朝這方面發展。」

「可是我父親……」

「他怎麼個說法？」

岳鹿深深的吸了一口煙斗，把煙又徐徐的吐了出來。現在他是坐在他那間套房的起坐間裡，跟一位年齡大約二十五六的年輕人談話。在兩人面前的小茶几上，放著一幅油畫，題名「二二〇〇淡水河之魚」。

那個年輕人就是陳鼎龍，他準時在七點鐘到達陽明山岳鹿的寓所，並帶來四幅作品給岳鹿看。他是個身材很瘦的人，兩頰陡削，以致下巴頦也顯得尖尖的。頭髮倒很美，蓬亂的從頭頂披下來，覆蓋在耳朵與前額上面。神情有點落漠。他聽到岳鹿的問話，把嘴巴張了張想說什麼，卻沒有發出聲音來。岳鹿便又接著說：

「就拿這幅『二二〇〇淡水河之魚』來說，我想令尊一定會十分激賞。固然這幅作品對人諷刺的太過分，但社會是向前發展的，環境一天一天污染；魚在這種污染的環境下，生存形態必將有所改變。所以這是一幅非常好的超時空抽象創作。」

「那岳先生一定願意幫我這個忙了？」

「當然！」岳鹿爽快的回答，一面取下煙斗，抬手揮散面前那一層煙霧：「我認為你在繪畫方面確實有天賦，我相信你父親絕不會扼殺一個天才的。」

「我父親雖然開明，只是對某一方面而已。有些事情他卻很固執；有時會固執得不近情理。」

「我一定盡力幫你這個忙。」岳鹿激動的揮舞著手裡的煙斗，把煙斗內升起的青煙，揮動成欲斷還續的細絲。覺得面前這條敷著厚厚色彩的魚，好像要從畫面上躍出來似的，他無論如何都得設法成全這個天才：「你儘管放心，我絕對有法子說服你父親。」

「謝謝你，岳先生。」陳鼎龍表情落漠的臉上，突然露出藹然的歡愉笑容：「你要能說服我父親，我一生都感激不盡。我請客，我們到中國大飯店喝酒去。」

岳鹿又點起一斗煙，跟冷梅三人便走出去。他覺得能幫助一個天才走上成功之路，是應該喝點酒慶祝一番。

但當兩人舉杯互敬的時候，岳鹿卻笑道：

「陳鼎龍先生，我想問你一件事？」

「什麼事情？」

「我想問，你怎麼知道我在陽明山？」

「我打聽出來的。」
「向誰打聽的？」
「這是一個祕密，岳先生，恕我不能奉告。」
「其實這不能算是祕密。」岳鹿碰了一下杯子，喝了口酒笑道：「因為我們到陽明山來，只有傭人老田曉得。我又特別囑咐他，不要告訴任何人我們去的地方。老田又是個很聽話的人，我交待過的事情，絕不會露出一點風聲。我奇怪的，他怎麼會告訴你？」
「岳先生是不是要責備老田？」
「哈哈哈哈！我責備他幹嘛呀。我們雖然是主僕，但也有一二十年的交情了。為這麼點小事就冒火？划得來嗎？還不是一笑置之。」
「那我告訴岳先生好了。」
「酒？」岳鹿搶先猜著說。
「對的，我送他兩瓶金門大麴。他還一再的對我說，千萬不能告訴岳先生酒的事情。」
「這個老傢伙，有了酒什麼都忘的。」

「這樣的人，也蠻可愛的。」

「他還有更可愛的地方哩。」

「怎麼？」

「保險我們渡假回家，還有金門大麴可喝；因為他會給我留起來。我如果問他，不是不讓他告訴任何人嗎？怎麼又告訴別人了？你猜他會怎麼說？他會說人家不是送酒來了嘛，我怎麼能夠不告訴人家。」

「那岳先生怎麼辦呢？」

「有辦法。」岳鹿把杯子裡的酒喝下去一半：「要我太太弄兩個菜，兩人就喝起來。」

「岳先生喜歡喝什麼酒？」

「你想用酒賄賂我呀，那不成的，我又不是老田。」

四

岳鹿給陳逢源打個電話，希望去拜訪他。並沒說出拜訪的目的。因為岳鹿不想跟陳逢源一見面，就開門見山的說明來意。他準備用別的方式跟他拉關係，然後再婉轉的談到正題，話也就好講得多。

那知道陳逢源卻在電話裡笑起來。

「你是來幫鼎龍做說客吧？岳先生。」

「你想呢？」

「我已經曉得了。」

「那就算對了。」

「岳先生，你想我會讓鼎龍做一個畫家嗎？」

「像他這樣的天才，我覺得你會同意。他的畫我想你已經看過很多了；以他這個年紀，就能畫到那種程度，實在太難得。並且……」岳鹿的聲音頓了一下：「他那個豐富的想像力，也是超乎常人的。」

「你說的很對，岳先生。他確實很有天才，但我還是不同意他做一個畫家。」

「那就奇怪了，陳先生。你那麼喜歡藝術，對藝術鑑賞力又那麼高，會不讓自己的兒子做一個畫家？如果他在這方面沒有才華也罷，偏偏他又有那麼好的秉賦。就這樣扼殺一個天才，我覺得實在太殘忍。」

陳逢源在電話裡沉默一會，停了一晌才說：

「岳先生，我真的不願讓鼎龍再畫下去。並且我的話你也不要介意，我覺得做一個藝術家，實在太苦了。就以你岳先生來說吧，固然現在成名了，利也有了；可是你受了多少苦，才熬到今天這個地步，你一定心裡有數。所以我對鼎龍又是同情，又是可憐。他在我們家裡可說是『冠蓋滿京華，斯人獨憔悴。』為什麼是這樣說呢？因為他的哥哥姐姐們，現在都成家立業了，在社會上也很有地位。只有他蹉跎這些年，一事無成，連個女朋友都交不到。雖然一般人談到畫家，都十分尊敬；但十個畫家九個窮，卻是事實。我再說一句話，你可別生氣，我覺得藝術是件中看不中吃的東西。所以我才決心要他去接那個藥廠的總經理。人總是要吃飯的，對不對？岳先生。」

岳鹿聽過陳逢源這番話，感到又是好氣，又是好笑。他卻極力忍耐著，他答應人家的事情，就要盡力去做。

「你說的很對，做一個藝術家確實是很苦，但也有苦盡甘來的時候。何況在創作過程中，那種創作的樂趣，更是一種別人所無法體驗的享受。」

「我承認你說的那種樂趣。」

「那為什麼不再假以時日呢？要鼎龍再走走看。如果他再弄不出一點名堂來，我想他也沒什麼好怨了。」

「要多久的時間？」

「兩年好不好？」

「就憑你岳先生一句話，我給他兩年的時間，希望他能好自為之。」陳逢源說著，突然在電話中嘆口氣：「嗨！人生何苦呢？岳先生，我又要說你不高興聽的話了。現在都已經進入商業時代，什麼東西都在為商業服務。因此只要有錢，你喜歡什麼樣的藝術品，就可以得到什麼樣的藝術品；把它收藏起來，就成了你的。何苦要辛辛苦苦去畫，再賣給別人；結果自己卻一無所有。」

這些話傳到岳鹿耳朵時，他氣得幾乎要炸。這些話不等於諷刺他嗎？他雖然是個馳名國際的藝術家，還是把畫賣給他，受他的揶揄。

於是岳鹿把電話用力一放說：

「謝謝你給我面子，陳董事長。」

五

一年半的時間轉眼過去了。這期間岳鹿沒再見過陳逢源一面，他對這個污蔑藝術神聖的人，決心不理了。所以陳逢源有好幾次打電話請他吃飯，他都婉言的拒絕；不跟他沾上一點關係。

倒是陳鼎龍經常來看他，他十分喜歡這個心地純潔的年輕人，並欣賞他的才華。因此每當陳鼎龍來向他請教的時候，他都能知無不言，言無不盡的給他指導。而這個年輕人對藝術的領悟力也確實高。有許多繪畫的理論與技巧，連他都要思考老半天，才能理解它的奧秘；而陳鼎龍卻能一點即通，不費絲毫功夫，就得到竅門。

在這一年半的時間，陳鼎龍也真正下了苦功。每天都孜孜不倦的作畫，或苦心孤詣的鑽研繪畫的理論與技巧。因此進步異常神速，很快便走出那種僅求自我表現的天地，進而在客觀領域中，邁入遼闊創作的境界。不一味在光與影的變化中鋪展單純形象；而能以大匠的風範，磅礴的筆觸，去攫取造化中神祕圖形。因此陳鼎龍在構圖上，幾乎綜合了自然抽象與印象派的靈境。尤其他自今年環島旅行歸來後，有幾幅作品更為突出，他用強烈色彩表現出來的生動景象，洋溢著濃厚的山野情趣，顯示出人類對大自然景色的迷戀。因此基本形象雖然改變；但透過色彩的分析，仍可看出自然風景與人文的連繫。

陳鼎龍把這幾幅作品給岳鹿看過之後，岳鹿竟然愛不釋手的欣賞了半天，高興的對陳鼎龍說：

「你為什麼不舉辦一次畫展呢？」

「老師認為我有資格舉行展覽嗎？」

那是在岳鹿說服陳逢源以後，陳鼎龍就以老師稱呼尊敬岳鹿了。而岳鹿也無言的默認了；他喜歡有一個這般可愛的學生。

「豈但有資格，還可以引起一陣轟動呢。看你這幅『太魯閣的春天』，連我也沒有想到，你會捨棄即景的敘說；而用風霜侵蝕的斑痕，把它融入歷史的記載，在茫茫的歲月中，給人滄海桑田的蒼涼。所以一個畫家對於人生，不僅僅是探索和分析，更應有一種悲天憫人的情懷。像你在這幾幅畫中，那種洋溢著喜悅的筆觸，就是對人生與造化的讚美。因此這幾張畫，也可以對歷史作正面的交待。」

「你太誇獎了，老師。」

「我說的是真話。」岳鹿把他的煙斗點起來，吐出一層細濛濛的青煙：「你如果不相信，可以把它拿給你父親看；相信他也沒有話講。」

「老師，我父親請你吃飯的事情，你就答應算了。他一直都在逼我，我又不好說出原因來。」

「我不會吃他的飯。」

「就算我父親說錯話，好嗎？」

「還是那句話，藝術不容污蔑。」

陳鼎龍又要說什麼，但沒有說出來。岳鹿氣呼呼的用力吸了兩口煙，又很快的吐出來。濃濃的煙在他頭頂結了一層飄忽的朦朧；岳鹿的光禿前額便漸漸落進朦朧裡。這就是藝術家的世界，他會永遠驕傲的守護著。

陳鼎龍停了一會改口說：

「我要是開畫展，老師是不是會幫我介紹呢？」

「那當然了，我會寫篇特稿給你推薦。」

「謝謝老師，對我那麼好。」

「我要讓你父親，一句話都沒有講的。」

於是岳鹿十分熱心的幫助陳鼎龍籌備這次畫展，有他這樣的大畫家出面，什麼事情也就好辦的多。好幾間畫廊為了賣岳鹿的面子，爭相競攬這次展覽。結果他選中氣派豪華和地點適中的野獅畫廊。現在陳逢源也確信他兒子是一個天才了，毫不猶豫的承擔了展覽的一切費用；並對岳鹿一直說感謝的話；而岳鹿也是個禁不住人家三句好話的人；再加上兩杯酒下肚，喝得渾身輕飄飄的，早就把對陳逢源的不滿，忘得乾乾淨淨。

他為陳鼎龍寫了這篇特稿『一顆升起畫壇的燦星』。

他相信陳鼎龍一定會不負他的期望，成為畫壇上一顆燦爛的巨星，把這一代沉寂的畫壇，照得大放光明。

六

野獅畫廊前擁擠很多人，大家前呼後擁的朝畫廊內擠，希望參觀這顆畫壇燦星的作品。這些人多數是看了岳鹿那篇特稿趕來的。因為在當代的藝術家中，人們對岳鹿的成就，有著無比信賴與仰慕。能得到岳鹿推薦的畫展，一定非常值得一看。

岳鹿看看錶，他確實是來遲了。畫展是九點鐘揭幕，現在已經快十一點了。前天陳鼎龍還特地打個電話對他說，他九點正，準時在畫廊的入口處迎接他。同時岳鹿也分別打了好幾個電話，約了幾位在畫壇上極有名氣的朋友前來捧場。而現在不但看不到陳鼎龍，連一個熟朋友的影子也沒見著；也難怪，來得太晚了嘛。

冷梅又在旁邊嘮叨他了：

「昨晚告訴你不要喝酒，你偏不聽。」

「這跟喝酒有什麼關係呀？太太。你別老是把不相干的事情，跟酒扯到一起。」

「你要不喝酒，就不會起得這麼晚。」

「我是趕那篇特稿睡得太晚，才起得也晚了。」

「哼！」冷梅在鼻子裡嗤了一下：「還有臉說哩，答應人家的稿子，要是早早寫出來，那裡會影響睡眠。直到人家編輯來催了，才爬起來寫，一面還醉得東倒西歪，怎麼能不怨你喝酒？」

「好了！太太，你別當著這麼多人的面吵，好嗎？」

「以後你再也別想喝酒了。」

「那是以後的事情。」

夫妻兩人正在畫廊前面爭論時，從畫廊裡面走出一個人來，飛一般的迎向他們。他就是陳鼎龍的父親陳逢源，今天好像特別高興似的，滿臉都堆著笑容。他快步走到岳鹿夫婦的面前，張開兩手大聲的叫道：

「岳先生，岳太太，歡迎！歡迎！」

「陳董事長，恭喜你。」冷梅搶過去說。

「那得謝謝岳鹿兄，都是岳鹿兄對鼎龍的栽培；不然鼎龍怎麼會有今天。那兩位就請進吧；本來我想你們會很早就來的，在門口等了好久。剛才還有岳鹿兄很多朋友來參觀，可惜岳鹿兄還沒到。」

「他們在那裡？」

「看過了後，都走了。」

「看吧！來晚了吧！」冷梅嘲弄的說：「先前東一個電話，西一個電話，把人家都約來了。到時候自己卻不見影子，你好意思呀？對了！鼎龍呢？怎麼看不到他。」

「說起來真是巧極了。」陳逢源十分遺憾的說：「他昨晚不曉得怎麼回事，精神突然有點不正常。」

「他怎麼了？」岳鹿吃了一驚。

「他的精神好像失常。」

「不礙事吧？」

「我想不會有什麼事的，因為昨晚跟我吵了一架，就變得有點失常。我想他早晚會明白的，我的做法絕對是對的。」

「他在什麼地方？」

「正在醫院裡檢查。」

「但願他能很快就好了。」岳鹿帶著一股同情的表情，嘆了口氣：「這孩子，這一年來也太苦了，幾乎日日夜夜都在努力，身體怎麼受得了。」

「是嘛！我還跟他講過，不要那樣苦。」

「不過說良心話，陳董事長。」岳鹿開門見山的說：「鼎龍的病，你應該負大部分責任。當初你如果不逼得那麼緊，他就不會這般死命的苦用功。現在你看他的身體瘦到什麼樣子，簡直像麻桿一樣。」

「對的，我當初太不了解他。」

「不要再說了，岳鹿，我們進去看看吧。」冷梅知道先生的牛脾氣，不願他再跟人家爭論是非。

「對！到裡面看，岳兄。」

走進展覽場的入口時，岳鹿夫婦特別被邀請在貴賓簿上簽了名。展覽場裡的人很多，岳鹿了解，這些觀眾大部分是真正慕名而來的；也有一些人，由於不收門票，前來湊熱鬧的。因此場子裡也鬧鬧鬨鬨。

岳鹿夫婦由陳逢源陪著，一面走著，一面欣賞。無奈人太多，還等不及他們把面前的作品看清楚，便被擠得向前移動。好在這些畫作岳鹿大部分都見過，所以走馬看花般過去，也不感到遺憾。但他在模糊中，卻發覺陳逢源為兒子的畫展投資不少；每一幅畫都鑲配一個精美的畫框。

「你看到這些框子嗎？岳鹿兄。」陳逢源洋洋自得的說：「每一個都上千塊錢哪。」

「我看得出來。」

「為了使兒子成名，花幾個錢也是值得的。」

「你確實是個了不起的父親。」

「你可以走近前去看看，用手摸摸那些框子；都是用最好的材料請人製造的。」

岳鹿真的上前幾步，可是前面擠著一道厚厚的人牆。他從人牆中擠過去，唉！怎麼回事？怎麼每一幅畫下面都有白白一條，剛才由於人牆遮擋沒有看到。他低頭湊近一點看看，上面的字太小，看不清楚。他推推鼻樑上的眼鏡再看，依然是十分模糊。

這時陳逢源也走過來，他轉頭問道：

「這是什麼？陳董事長。」

「這是我那個藥廠裡生產的藥品名字。」

「什麼？藥品名字？」

「對的！我把藥品目錄印成一條貼紙貼在下面。」

「這裡怎麼可以貼這種東西呀！」

「你聽我說嘛！岳鹿兄。」陳逢源得意的聳聳肩：「這是我的突發奇想，因為鼎龍這個畫展經過你的大力推薦和介紹，參觀的人數一定會很多。如果能把握機會給我出的藥品做做廣告，可能會有很好的效果。於是我想出了這個主意，把藥品目錄印成一張長紙條，貼在每一張畫的下面；參觀的人看畫時，就可以看到藥品的目錄，心裡就會留下印象。岳鹿兄，你認為我這個想法高不高明？真是一舉兩得，完全符合我講的，藝術為商業服務的原則。」

「難怪你兒子要精神失常哩。」岳鹿沒好氣的說。

「你是說……」

「我說……我說……」他說不出話來，只覺得氣直往心頭撞，撞得腦門發脹。突然他覺得對這樣一個人，實在沒有什麼好講的。他驟然覺得頭一暈，趕緊抓住太太的手：「冷梅，快扶住我。我受不了啦，我快暈倒啦。」

這時他耳朵裡傳來陳逢源得意的笑聲：

「岳鹿兄，你看我這個主意是出對了吧？很多參觀的人，都在注意我的藥品目錄呢。」

岳鹿沒答腔，他已經不知道說甚麼好。他害了陳鼎龍，也害了他自己。一時只覺得氣衝腦門，便用力一拉冷梅的手說：

「快！快！快送我去醫院」岳鹿的話變得歇斯底里。

「去醫院做甚麼？」冷梅奇怪的問。

「你還沒看出來，我也快得精神病了！」

這時陳逢源又匆匆走來，大聲的對冷梅說：

「岳太太，別耽心。岳先生幫了我這麼大的忙。他住院所有的費用，全部由嘉仁製藥公司負擔。」

作者喬木

一九七九年刊載於台灣新生報

也是一種解脫

一

把信摺起來，順手塞到孩子的枕頭底下，孩子圓圓小臉蛋，泛著蘋果般的顏色。

到底去不去？朱莉兩手攏著頭髮向上拋了拋，像要拋掉那團在腦際翻攪的煩惱。照在搖籃上那一抹陽光，被她的動作嚇了一跳。小蘋果閃出一絡光彩。

多麼可愛的孩子呀，她睡得那麼甜。

朱莉忍不住在小蘋果臉上親了一下。

唉！他為什麼要寫這封信呢？朱莉仰臉望向天空，仰角映著驕陽，現出一道十分柔和的弧；使線條形成一種可愛的圓潤；像一朵開得豐盈的花。此刻花朵卻被風雨打了一般；打出一片心慌意亂的悽楚。

真是作孽，幹嘛在這個時刻，還把那萬縷千緒的情絲向她拋來。人生不管是愛是恨，已經過去的，就應該像輕烟般散去。說什麼山誓海盟，說什麼情意纏綿；刻骨的相思，也不過是春夢一場。該醒的總歸要醒，該散的早晚會散，什麼事都強求不得。在這個人生聚散無常的世界上，好也是緣，壞也是緣；有誰見過月長圓，有誰見過花常開。緣盡了就該揮手作別，洒洒脫脫各走各的路。任何事情如用笑臉看，就有一分歡樂；如用哭臉看，就是自尋煩惱。

所以欠也罷，負也罷，情本是一份還不清的債。你說我欠你；我說你欠我。要想弄得清楚誰欠誰，難啊！

那麼還是不去的好。她不想向他討感情的債，卻也無法還清欠他那份情。她希望能從此一了百了。

朱莉突然覺得很軟弱，覺得從信裏抽出來的那縷情絲，好長好長啊，纏得她動彈不得。

那麼還是去吧！不去是平息不了心頭的那份激動。

把頭抬起來凝神的想了想。窗外的天空是一片蔚藍；看到那可愛的藍天，她就覺得不該去；她不願在這藍藍的天空下蒙上一層雲翳。不是嗎？她現在已經嫁為人婦了。有家，有孩子。她不應該再走錯一步，把幸福在腳底下踩碎。

噹！噹！噹！噹！掛鐘敲在朱莉的心頭。

三點了！要去也該走了。

去吧！還是去吧，能見他一面也好。不管誰的錯，不管誰欠誰的，也好有一個了斷。

對著鏡子攏了一下頭髮，在鬢邊斜攏出一大綹俏麗的髮勾，臉上也薄薄抹了一層胭脂。是這個樣子嗎？她朝鏡子仔細端詳一眼。是的！就是這樣子！就是這一大綹髮勾，勾來他數不清的讚美。她喜歡那些讚美，就像陣陣春風吹進她的心窩；使她心頭暖暖的。

憑這還不該去看他嗎？憑這份珍貴的愛，她也應該原諒他過去的一切過失。雖然會更增加她對丈夫的歉疚；她不管了，她顧不了那麼多。

該走了！該走了！

可是孩子還在睡，依然是那麼甜。

她得把孩子弄醒，給她換一件乾淨衣服。可憐的孩子，她知道她去看什麼人嗎？

站在卡卡咖啡間的大門前，朱莉猶豫了一會，考慮是不是應該進去。她真想扭頭就走，可是她移不動步子，她覺得兩條腿不聽她使喚。

她還是走了進去，時間是下午四點鐘。

這個她十分熟悉的咖啡間，好像一切都變了，裝潢更新了許多。燈光也比過去更暗，暗得像罩了一層霧。她抱著孩子走在那軟茸茸的地毯上，有種一腳高一腳低的感覺。也難怪她覺得不習慣。自從結婚後，又生了孩子，就與這種地方絕了緣。整天祇在廚房、洗衣機，孩子的搖籃前打轉；生活天地小得沒有半個籃球場大。當然就更沒有時間與機會，去重溫咖啡間那種羅曼蒂克的情調。

朱莉看到林宜耕坐在沙發上，嘴角叼著支香烟，縷縷青烟在他面前升起來。在青烟朦朧中，她發覺林宜耕的樣子絲毫沒變，還像一匹不羈的野馬似的。

當初不就是這種不羈的性格吸引了她，才種下跟他的那份緣。不！也可以說是一份孽。

不管是緣是孽，都忘不了那段快樂時光。

二

猶記得那是個溫馨的春日下午，朱莉興沖沖的挽著手皮包，走進這個咖啡間的大門。這是公司通知她到這兒見一位林姓華僑；因為那位華僑回國旅行，想找一位導遊陪他到各地遊覽遊覽，業務主任便把這件差事交給她。能陪一位華僑旅行，她是十分開心的。她雖然已經做了半年導遊，在語言方面也歷練了許多，但跟洋人談起話來，有時候仍會有些詞不達意的感覺。陪華僑就沒有這一層顧慮。她是廣東人，說一口流利的廣東話；一但用英語講不通時，她的家鄉話就派上用場。那種特殊腔調兒，一哼一哈，就會感到分外親切。並且這些歸國的老華僑，多數都是在僑居地發了財。回國來玩的，儘管他們自己的生活十分節儉，待人卻極厚道，給服務人員的小費，出手是極大方的。不像許多洋鬼子，譜兒擺得大的不得了，一副大濶佬的姿態；花起錢來卻摳得很，一毛一分都是扳著手指頭算上大半天。

咖啡間裏的人並不多，疏疏朗朗的坐得很散。她站在櫃枱前向卡座掃了一眼，卻找不到她要尋找的目標。在靠牆的角落，有一對青年男女，樣子很親密，顯然是在那兒談情說愛。有幾個客人在大聲講話，好像是在生意上發生爭執。在離櫃枱不遠的一個卡座上，堆著一堆濃烟，烟裏罩著一個身材高大的男人。那當然也不是她要找的目標；公司派她接待客人時，通常不會讓女孩子為年輕的單身男士做導遊。

可是除了這人之外，再沒有別的人了。

於是她禁不住又向那人看了一眼，才發覺那堆濃烟是他口裏吐出來的。祇見他不停的抽著烟，濃烟便像一條線順著他嘴角裊裊升上去，在頭頂凝結成一層霧。

是不是就是他？不然他一個人呆在這兒做什麼呢？但他像個有錢的觀光客嗎？一點都不像。

她覺得他倒像一個流浪漢。

這時他突然抬起頭來，吸足烟的眼神，炯炯閃光。一張粗粗的臉，像結著一塊一塊厚斑。兩道濃濃的黑眉毛，沉重的壓在眼皮上；把眼皮壓得低沉著。他身上披了一件咖啡色的大茄克，兩襟敞開著，露出一個寬胸膛；全身好像帶著一股濃重的風霜味。
他把兩臂用力張了張，拿起面前的咖啡杯猛的喝了一口，抬眼冷漠的向四周望望。
她覺得這人很好笑，像一個大馬猴。
她忍不住笑起來。
他皺了一下眉頭開腔了：「你笑什麼？小姐。」
她本想不理他，但想他可能是她導遊的客人，就不能把笑的原因說出來。
「你是笑我太醜？」
她搖搖頭，一時想不出適當的話。
「妳總不會無緣無故的笑吧？」
她想出答詞了：「我見你抽那麼多烟。」
「是夠多，我一口氣抽了半包。」
「為什麼要抽那麼多烟？」
「解悶啊。」他又吐出一口烟。
「我看你不像一個會有愁悶的人，你的性格一定很開朗。」導遊生涯寬廣了她的人生接觸面，使她自信有很強的觀察力。從他笨拙的舉止，相信他不是一個胸襟寬濶的人。

「我在這裏等一個人，她始終都不到。一個人在這裏呆坐著等她，怎麼會不悶。」

「你等什麼人？」

「一位導遊小姐。」

沒有疑問是他了。可是怎麼看，他都不像一個觀光客，而是像一個什麼地方都去過了的流浪漢。旅行對他，應該是沒有問題會把他難住。

朱莉還是問了他一句：

「你是林先生嗎？」

「是的！你是……」他抬眼看她，坎在稜角分明眼眶中的眼睛，利得像一把刀。

「我就是你等的人，我叫朱莉，公司要我來跟林先生連繫，看我們怎樣給你服務？」她拿出一張名片遞過去。她不直接說公司派她來給他做導遊，是另有打算。她不願意跟一個外表粗野的男人走在一道；她是一個對自己的漂亮感到十分驕傲的女孩子。儘管她早就有一種念頭，利用職業的關係，找一個有錢的英俊男士託付終身。

「請坐吧，喝杯什麼？」他也遞給她一張名片。

「我什麼都不想喝。」卻在對面的位子坐下來，看了看名片，林宜耕。就那麼簡單，除了三個大大的黑體字；上面沒有職銜，下面也沒有應該有的地址和電話。一個怪人，她把名片放進皮包裏說：「請問你都準備到什麼地方玩？要我們怎樣替你安排？」

「我聽你的安排就好了。」

「你過去來過台灣沒有？」

「來過兩次。」他伸出兩個手指表示：「都是來做生意的。除了臺北，別的地方都沒去過。」

「那我就替你計畫一下，再由你決定。」

可是他打了一個手勢，那是一個風流小生的手勢。

把手指柔和的一轉，轉出一個花式。

「別慌，先喝杯咖啡再說。今天已經太晚了，要玩；也沒有多少時間好玩，一切都從明天開始。不過你放心，今天還是算一天。現在我可以從你口頭上先了解了解臺灣。」他說完便招手把服務小姐叫過來。

她要了一杯桔子汁，仰臉對他笑道：

「在職業上來說，我不應該接受你的招待。」她覺得很高興，能在這種時候安逸的坐在咖啡間喝杯冷飲。不論明天是什麼情形，她現在還是十分感激。

他又抽起烟來。這人確實使她難了解，香烟到了他嘴上就像冰一般，一會兒就融掉，然後又接上一支。可是他有本事讓吐出來的烟罩在頭頂上歷久不散，冠冕般把他罩在一片朦朧的神祕中。突然他拿起面前的咖啡抿了一口，又慢慢放下去。他眼眶那些稜角，在低頭時候便消失不見了，眼睛就變得挺溫柔的。

「咖啡冷了？」她總得找點話題，沉默是很難過的。

「不是。」他搖搖頭。

「太苦？」用眼睛盯著猜他腦袋裏的謎。

「是我捨不得喝光，就得小心喝。」

「那麼節省？」刺他一下子，讓他自己公布謎底。

「我不喜歡喝咖啡，卻又不能不喝，我不喝他們就不讓我坐在這裏。可是我也不能把咖啡一口喝光；那樣他們雖不會趕我走，服務小姐卻會老在我面前轉，眼睛也會老往我臉上瞟；使我受寵若驚，以為她們看上我。所以杯子裏總要留一點點，她們就不會到我面前轉，也就不會被看得心驚肉跳。」

「願意解釋你烟癮為什麼這麼大吧？」

「喜歡！」

「對！這是最好的解釋。」她心裏卻對這種解釋有種反感，這是一個習慣上的遁詞。

「也是被逼的。」

「這又怎麼解釋的？喜歡和被逼是兩個對立的名詞。在感覺上一個主動，一個被動。」她強調的說。

「在過去我是用抽烟解愁，不知不覺就抽上癮，因此我就不能不喜歡它。我知道妳不會抽烟；那麼我也無法跟你說明白，一個抽烟上了癮的人，要他不抽烟，是一種什麼味道。何況我仍時常用它解愁。」

「我始終覺得，你不是一個甘心被愁壓迫的人。」

「不甘心成嗎？人誰沒有愁，百萬富翁還愁他錢少呢。」他抬手揮散眼前的朦朧，臉上露出一股拗勁。眼睛裏也泛起一片像在痛苦掙扎的憂鬱。

「那你愁什麼？」

他吐了一口烟，又沉入朦朧裏。

朱莉想伸手去撥開他面前朦朧，浪花在心頭翻滾了一陣，手沒有抬起來。把眼睛變成一支箭，穿射那一道朦朧。這人是怪，還是偽裝？她心頭頓時湧成一個念頭，好奇的想要去探求這臭皮囊裡的奧秘。

林宜耕彈掉烟灰，慢慢的說：

「說出來你不會相信，我愁沒什麼可愁。」

「這話我就不明白了。」

「那我問你，朱小姐。你有沒有愁過？」

「我有。」

「你愁什麼？」

「我愁沒有錢。」

「那很簡單。」放下烟，撥開霧，林宜耕興致勃勃地把身體轉向她：「你想不愁，祇要有錢就成了。可是你有了錢，是不是就真的不愁了？」

「我也不曉得。」

「告訴你，朱小姐，你還是會愁。」像一個演說家登上講臺，最大的本領就是自圓其說：「人就這麼賤，不愁就活不下去。換句話說，愁也可以說是一種進取精神。人為什麼會愁？說得明白一點，就是覺得事情不夠十分圓滿，希望達不到目的。因此就要千方百計的想辦法，使事情圓滿，使希望達成。」

「像是謬論，但也有點道理。」

「能同意我的理論一半，也算半個知己。」

「你不是沒有什麼可愁嗎？為什麼會愁。」

「讓我再點上支烟說給你聽，好嗎？」真是一個標準的烟鬼。話剛說完，香烟便放到嘴上：「我為什麼沒有什麼可愁呢？因為我的錢雖然不多，卻也夠我的生活。女人雖然沒有，祇要我花錢就能找到；並可以任意挑選。你不介意我說話太放肆吧？朱小姐。」

「我不管別人的私生活。」做久了導遊小姐，她對觀光客的生活了解很多。

「這樣的生活，你說我愁什麼？可是不愁，就這樣整天閑蕩嗎？一個人要整天都閑蕩，不是一件很可怕的事情嗎？我又怎麼能不愁？」

「所以你就不停的抽烟。」

「對！你說我怎麼能不抽。」

「我始終不相信烟能解愁。」

「所謂『一醉解千愁』。」

「那是指酒而言。」

「烟抽多了也同樣會醉。你曉不曉得？抽烟的醉跟喝酒的醉不同。烟抽多了，吐出的烟會造成一片朦朧；從朦朧中看世界，就會覺得每樣東西都是美的。」

「那不是真的美，我不喜歡虛幻的東西。」

「最好我們的意見不要衝突，明天起我們還要一道出去玩；要現在就意見不合，那一定會很掃興。」他把茄克的兩襟緊一緊，拉上拉鏈，他那野性粗獷的臉上便出現一股馴順：「你的耳朵和嘴巴都累了吧？現在我們去找一個有好音樂的餐廳，把耳朵跟嘴巴保養保養。」

「我說過，我的職業是不能接受客戶的招待的。」

「我有理由使你接受。」

「什麼理由？」

「我必須把嘴巴保養好，才有力氣說我住在什麼地方，你明天才能找到我。」

「與職業無關，我接受。」

三

鈴鈴鈴，電話機一逕在響。奇怪！為什麼沒人接電話。朱莉剛跨進門，母親便迎著她說：

「快！朱莉！快接電話，一定又是找你的。煩死了！今天不知有多少個電話找你。」

「那裏來那麼多電話？」

「是一個貿易公司打來的。我告訴他們，你要下班後才回家；可是他們隔不了一會就打一個，起碼打了七八個。問他們有什麼事情，他們也不講，祇說有重要事情找你。」

「喂！那裏？」坐在沙發上，拿起電話。晚餐時林宜耕勸她喝一杯酒，使她懶洋洋的。

「我是萬事通貿易公司杜經理，你是朱莉小姐嗎？」

「是的！我是朱莉！請問杜經理有什麼事情？」

「我們有一件重要的事情想請你幫忙，希望朱小姐能答應我們。」她聽出對方的謙恭。商人的謙恭，必然是依據利潤公式推算出來的。

「什麼事情？不曉得我能不能幫上忙？」

「祇要朱小姐願意，一定可以。」

「如果我可以幫忙？我一定盡我的力量幫你們。」

「那我先謝謝你了，朱小姐。」聲音中掩不住欣喜：「不過也請你對這件事情保密。同時我也首先說明，這件事情要成了，我們也一定會給你合理的報酬。」

「我盡量試試。」

「那我就說了；據我從你們公司得來的消息，有一個名叫林宜耕的華僑來臺灣觀光，是由你接待的。」

「對的！」她把兩腿疊起來仰到沙發背上，準備仔細聽。林宜耕這個浪子，在萬事通貿易公司的天秤上，為什麼會這麼重。

她聽到對方在清理喉嚨的咳嗽聲，多數人都有這種習慣，談重要事情前，先把嗓子打掃一遍。平劇的空城計，諸葛亮派老兵打掃城門，是怕砂石墊了司馬懿的馬蹄。這不是空城計，她覺得那個清理喉嚨聲，彷彿是在打探林宜耕是個分量那麼重的人哪。

城門口打掃乾淨，她彷彿聽到兵馬的吶喊聲：

「是這樣子的，朱小姐。據我們得到的消息：那位林宜耕先生來臺灣觀光是次要的事情，最主要的任務，是準備在臺灣採購一批貨品。聽說數量很大，大概有三百多萬美金的樣子，因此我們希望能接到這筆生意。至於他想買什麼東西，我們也調查得很清楚，已經準備好詳細的產品目錄和報價單，等會我會親自送到你府上。同時我也先給你說明我們給你的報酬；如果你能說服林先生照我們報價單上的價格購買，我們準備付你三趴佣金。這是一個很大的數字；我們的原則是有錢大家賺；何況你在這筆生意上是唱主角戲。也許他會殺價，不論他殺多少；祇要能做成了，最少也有一趴給你。」

是像司馬懿的大兵進城一般，她心頭慌做一團；不過是驚喜引起的。對方打掃過喉嚨又接下去：

「我們也考慮到了，你接待林先生時候難免有用錢的地方。我等會到你府上，會先帶兩萬塊錢放在你那兒；如果不夠的話，隨時打電話跟我聯絡。」

「你放心！杜經理。這件事情我一定盡力去做。但是你來的時候不要帶錢來。」

「放長線釣大魚呀，朱小姐。林先生是一條特大號的大魚，怎麼能不用特別長的線呢。也請你放心，將來的生意做成了；我們絕不會在佣金中扣這筆錢的。我們就這樣說定了，我把資料整理好，馬上去看你。」

「好的！我在家裏等你。」

放下電話，母親便急忙走過來問究竟。她已經在女兒打電話時，聽出一點端倪。母親是關心她的；生了朱莉這樣一個漂亮女兒；她準備享女兒的福。

把談話內容告訴了母親，春風便在那張算盤一般的臉上，吹得滿盤的算珠低溜溜的轉個不停。母親像在做一筆生意，現在正撥著算珠計算生意利潤。母親的精明就在這種地方；就像當年她在西門町當電影黃牛，她懂得在什麼時候，才能賣到最高的價錢。

「你可要好好把握機會呀，朱莉。」

「什麼機會？媽媽。」

「噯呀！虧你長這麼大，又在外面做事，怎麼還那麼不靈光。你明天導遊的那個華僑，不是要在臺灣買三百萬美金的貨嗎？你想想他是多麼有錢。你要能找到那樣一個人，不就一輩都不用愁了。」

「你想到那裏去了，媽媽。」雖然母親對她的關懷完全是好意，她究竟不是一朵沒有人要的花。她不願母親像中華路廉價市場叫賣的人一般，把她拿在手裏，見有人在面前走過，便大聲的吆喝一番。嘿！可便宜呀，趕快來買呀；使人產生一種過期貨的感覺。

「我說的不對嗎？朱莉，媽媽還不是為你好。」

「你別打岔，媽媽。讓我想想怎麼幫萬事通公司做成這筆生意。如果真能拿到三趴，三百萬美金的百分之三，也有好幾百萬新臺幣啊。」

「有那麼多啊？」老是為三塊五塊錢打算盤的母親，聽到這樣一個大數目，臉上的算珠都亂了，不知道怎麼個打法才好：「你倒算給我聽聽。」

「這樣子嘛！一百萬美金就是三萬，三百萬就是九萬美金。就打一塊美金換三十八塊新臺幣好了：三九二百七十萬，八九七十二萬，也有三百四十多萬。」

「呦！三百四十多萬！那不比中愛國獎券第一特獎的錢還多？那我們不是什麼都有了？就是一棟三四十坪的豪華公寓，也不過一百多萬塊錢。」

母親的眼睛在往客廳的屋頂瞟，靠角角的地方有一塊大污斑，是下雨時候被雨水浸的。母親一直說要修，卻始終籌不出那筆款子。因為他們為了裝這具電話，標了兩個會；每月為了這兩個會錢，已經把他們家裡的經濟弄得焦頭爛額。她倒真希望能有錢給母親買一棟豪華公寓，讓母親風光風光；母親是一位十分要面子的人。

「所以我一定得想法子幫萬事通貿易公司做成這筆生意。媽媽！你說對不對？我們有這樣一筆錢就好了。」

「你用什麼法子呢？」

「我現在還不曉得怎麼做。」

「要是我給你出主意，朱莉。」母親的眼睛像看到什麼東西，閃得那麼亮：「我說你該錢也要，人也要。你一定要把握機會，釣到這條大魚。媽媽窮了一輩子，也希望有一天能沾沾你的光。人家說華僑都很有錢，能嫁到個華僑不知是那輩子修來的福。朱莉！你一定要把握這個機會，我們全家將來就靠你了。」

「你到底叫我怎麼辦嗎？」雖煩，也禁不住動起心來。

「你那麼漂亮的女孩子！你想想，一個男人。」母親的嘴巴慢慢湊過來，貼到她耳朵上、聲音也越來越低。朱莉那白瑩瑩的腮幫子，也染上一抹晚霞。

「我覺得怪不好意思的，媽媽。」

「聰明一點，朱莉。再說這年頭女孩子追男孩子，也不算甚麼大不了的事。這是個難得的機會，明天出去的時候好好的打扮打扮，我就不信魚會不上鈎。」

那抹晚霞就變得像火一樣了。

母親用手輕輕拍拍她的背，在這一拍中，隱含著無限鼓舞。想想也是，能嫁林宜耕這麼一個有錢的人，真是一輩子都享受不盡。女人一生圖的是什麼，還不是希望安安逸逸快快樂樂的生活。何況林宜耕是一個那麼性格的男性；晚上吃飯時她已經喜歡他了。尤其是母親辛苦了這些年，也該有機會享享清福。

四

可是想到母親，朱莉便覺得心頭陣陣絞痛。她是個堅強的女性，沒受過甚麼教育，卻能苦撐著沒有被生活的重擔壓倒。因此她可說什麼事情都做過，電影票黃牛、賣過愛國獎券、擺過地攤、開過小館子；凡是有利可圖的事情，她一定不放過機會。雖然朱莉覺得母親那種抓錢的方式，幾乎是兩手亂抓亂舞，見了錢就想要。然而回頭想想：要不是母親這樣千方百計的弄錢，她怎麼能大學畢業，弟弟妹妹又怎能無憂無慮的讀大學，她們又怎能有這一棟屬於自己的房子。一時她對母親那種見錢就抓的態度，竟不知道是對是錯了。但有一點朱莉卻覺得母親十分偉大；固然母親抓錢不擇手段，但都是為了家庭和子女，她自己的生活卻十分節省，連一雙新鞋子都捨不得買；都是揀她跟妹妹的破爛。

母親又對她說話了：

「聽媽媽的話沒有錯，朱莉。能抓到的錢，就要想辦法抓住。你要真能嫁一個有錢的先生，媽媽就不用再這麼辛苦了。你張媽媽去年到美國看她的女兒，回來就神氣的不得了。說玩了什麼你死賴樂園，還有什麼希里嘩啦大破布。到那時候，媽媽也可以去逛逛。」

「什麼希里嘩啦大破布呀？媽媽。」她曉得母親是十分羨慕張媽媽的；可是張姐姐是自費留學去美國的，又在那兒結婚。母親對沒有錢把她送到美國讀書，一直都感到遺憾；這是母親認為最沒有面子的事。

「美國不是有一條大河嗎？河水從很高地方希里嘩啦流下來，就像一塊大破布。」

「那不叫希里嘩啦大破布，是尼加拉瓜大瀑布。」

朱莉雖忍住笑，母親卻自己笑起來。

「什麼大瀑布，大破布，還不是一樣。我就聽不出大瀑布這個名字，比大破布有什麼文雅。」

仰起臉朝他拋出一個嬌笑，朱莉看出林宜耕臉上漾溢著喜悅。為了能釣到這條大魚，母親一大早就起來調理這個美麗的餌。然後又到美容院做頭髮，鬢邊那綹美麗的大髮勾，是美容師建議她做的，因為時下最流行這種髮式。而且她那臉型用彎曲的髮勾一襯，就能把臉龐兒襯出一股引人綺思的丰采。

五

洩氣的，是林宜耕對她這番刻意的打扮，好像絲毫未加理睬。在陽明山，他的眼睛祇在奼紫嫣紅上打轉；在故宮博物館，他望著那些古里古怪的東西發呆。他為什麼不看她一眼呢？她相信祇要他肯看她一眼，魂兒就會被她勾得飛過來；朱莉認為她今天那個打扮，會讓鐵石人都動心。

難道他的心比鐵石人還硬？

她要設法引起他的注意。

果然她那一個嬌笑，就像一股火焰般的流，融解了林宜耕臉上的冷漠，眸子裏閃出了異彩。於是融化了的冰雪氾濫成災，春潮般滾滾而來。

從那閃動的異彩裏，朱莉覺察到投出的餌產生效果；這條大魚馬上就要上鈎了。但她曉得對一條即將上鈎的大魚，不能太魯莽。她要慢慢的等、耐心的等；等他吃到了甜頭，就會乖乖的聽她擺佈。

朱莉讓那異彩在她身上閃爍，但不講話；卻把臉上那抹嬌笑，調整成脈脈含情的樣子。

魚兒就要上鈎了，搖頭擺尾圍著美麗的餌轉圈子。

「你鬢邊這幾個髮勾真俏，朱小姐。」這條大魚像要迫不及待吞下這個餌。

「好看嗎？我今天是第一次梳。」

「是為了我嗎？」

「不是！」故意嗔惱的瞟他一眼。她當然要做作一下；適當的矜持，是抬高身價的最佳方式。

魚兒上鈎了。朱莉突然感到眼前一亮，她彷彿看到這條金光燦燦的大魚在面前躍動，映得她眼花撩亂。可是能釣到這條魚，花的代價也夠大；一個清清白白的女兒家，她能說什麼；她沒話可說了。

能說母親教她的方法不對嗎？可是母親辛苦一輩子；是應該讓她好好的享享清福。母親以後就不用再那麼辛苦了。

六

噹的一聲，朱莉心頭猛一震。

面前那個寶瓶，突然破成一大堆花花綠綠的碎片。

林宜耕在臺灣採購三百萬美金產品的消息，不是他自己要採購，是受一個開貿易公司的朋友之託，順便在臺灣替他打聽一下價錢。

美麗的希望像肥皂泡沫般突然幻滅了。

她怨誰，她誰也不怨。

母親也是為了她好。

她只有認命，一個女孩子愛上一個人，還管他是窮是富嗎？雖然她曾經有過把自己嫁給金錢的想法。現在擺脫了那種想法，就有種解脫的感覺。依在林宜耕那寬濶結實的胸膛上，就會感到無比的安全與溫馨。

林宜耕把手愛撫的放到她背上，安慰的拍著：

「等我！朱莉！等我兩年，後年這個時候我們又會在一起了，以後就永遠不分開了。過去我太祇顧自己了，以為賺的錢祇夠自己花就夠了；從來沒想過還要養一個女人。後年我會帶回來足夠的錢，為你建造一座美麗的皇宮；那時候你就是這座皇宮裏的美麗皇后。」

一副燦爛的遠景在她面前展開了。

她還求什麼。

她快樂的笑了。

「朱莉！」兩條臂像鋼筋般箍緊她：「我真不知道對你說什麼好，我祇能說我愛你，永遠愛你。」

「這就夠了，宜耕。這就夠使我幸福了。」

「真沒有想到，我這一生還會有人愛我。」林宜耕感動的流淚。一個大男人；一個那般粗粗壯壯野性難馴的男人，淚水竟像珍珠般滾了下來。

「記著，宜耕。你回來的時候，我還是這副打扮來接你。我曉得你喜歡我梳這樣的髮勾。」

「我不是告訴過你，我是一個流浪漢，自己都不知道會流浪到什麼地方。也不會曉得我那一天回來，你不用來接我；我自然會去找你。」

「你可以寫信告訴我。」

「我不願意寫信，我討厭寫信。」

她呆了。可是他又安慰她說：

「兩年！朱莉。等我兩年。」

「兩年的時間好長啊。」

七

癡癡的等著他，夢牽魂繞，心頭更有無限栖皇。刻骨的相思，衹落個形容消瘦。然而憔悴的容顏，除了對著鏡子自憐，又有誰知。雖把一抹一抹的胭脂，儘量往兩腮上塗。掩去兩頰的蒼白，卻掩不住心頭那份空虛。長夜裏，她經常都久久不能成眠。望著窗外的漠漠夜色，想到兩人的愛，甜蜜中摻著苦惱的滋味，一直在心頭翻攪；只有用聲聲嗟嘆向外發洩。每當看到双双對對倩影的甜情蜜意，更平添一份難耐的淒涼。

他在那裏啊？他走得毫無音信。他知道她的相思，已到了骨銷魂酥的地步嗎？她牽掛他，飯是不是少添了。她牽掛他，覺是不是睡得太遲了。更牽掛他在那些燈紅酒綠的地方，會不會受到其他女人的勾搭。

無心梳粧，懶畫眉。如今她已經一無所求，衹求他早日歸來。母親是傷心中帶著尷尬，一心想替女兒物色一個金龜壻，她也好風光風光。沒想到算盤打得那麼精，一粒算珠撥錯，就錯到這種地步。現在她是什麼話都沒有說的了；衹希望女兒能夠過得快快樂樂就好。

怎麼回事？這個月那個東西沒來呢？

到了下個月，仍沒有來。

她慌了，有了嗎？

啊！那怎麼辦？如果真的有了孩子？她……她一點主張都沒有了。林宜耕要能在這裏多好啊。

偷偷跑到一家診所做檢查，醫生給她的答覆竟十分肯定。天啊！怎麼辦？她在心頭嘶喊著，宜耕你在那裏呀？他知道嗎？她已經有了孩子。宜耕！你回來呀！快回來呀！有他在身邊，她什麼都不怕了。

嘶喊有什麼用，她根本不清楚他的行蹤。

算算日子，他回來時候，孩子不早就生下來了。

那怎麼成，她不是做了未出嫁的媽媽。那多丟人；她絕不能讓這樣丟人的事情，發生在她身上。難道把孩子拿掉嗎？她去診所檢查的時候，醫生不是問過她要不要拿掉嗎。不！她絕不能拿掉。那是她的骨肉，是她跟林宜耕的愛情結晶，她珍視這小生命比自己都重要。

回來吧！宜耕。快回來帶著我披上白紗走進結婚的禮堂。別去弄錢了，我什麼都不要；我的夢已經醒了。我不要皇宮，也不要做皇后。我不怕苦，我願意跟著你受苦。祇要有你在身邊，苦我也會覺得幸福。

光急有什麼用，林宜耕是不會知道的。

朱莉找幾個知心的朋友商量。

玲玲說：他會回來呀？你別傻了。

珍珍說：他要是肯回來，就不會不告訴你去那裏了。

婷婷說：你真胡塗，朱莉。你怎麼什麼都沒弄清楚；就把什麼東西都給他了。你想他會回來，做夢吧。

她能告訴她們嗎？這是母親的意思；母親以為他是個萬貫家產的華僑，要她千方百計釣這條大魚。她無論如何都不會說出來，她不願讓母親受別人的褒貶。何況她已經愛上這個流浪漢，她要自己承擔這份愛情的辛酸。

愁坐在粧台前，看看鏡內憔悴的容顏；一行清淚就禁不住流下來，雨打梨花一般。

抹掉那片淚痕，心頭暗自思量。

她真傻嗎？也許，不然怎麼會愛上一個流浪漢。

可是她愛他是真心的，絕沒有一點假。

就算是傻吧！愛情本來就是一樁傻事。不傻，為什麼會把一份真情實意，用到一個不相干的人身上。

然而就這樣癡癡的等嗎？等下去怎麼辦呢？

母親說如果不把孩子拿掉，就只有結婚。他們丟不起這個人，母親怎麼能說出這樣狠心的話。

她卻不能頂撞母親，母親總是母親。

但她絕對不能拿掉孩子，儘管那個流浪漢，現在不知流浪何處。但是她愛他，也愛他的孩子。她要把孩子生下來；祇要看到孩子，她就會擁有那份刻骨銘心的愛。

嫁人？嫁誰呢？誰要一個懷了孕的女人。

在茫茫人海中，她感到走投無路。

八

朱莉嫁人了，是母親託人給介紹的一個男人，名叫李世平。雖然她不愛他，但為了孩子，為了不做未出嫁的媽媽，她只有走上這條沒有愛情的婚姻道路。母親也總算明白了，華僑也不是每個人都有錢。可是她不欣賞母親那種態度，當初把林宜耕捧上天，如今又把他咒得不值一文，好像是他騙了她。其實要怨，只有怨萬事通貿易公司，不知從那裏得來的馬路消息，才使母親聽到風，就是雨，真以為財神爺進門了。

意料不到的，李世平是那樣一個好人。他不計較她過去的一切，也不在乎她肚子裏懷的是誰的孩子。他祇希望她能跟他安安靜靜的過日子。他十分愛她；是那種對家庭對妻女負責任的好丈夫；事事都替她們設想。

孩子生下來，李世平也很高興。他像親生的一樣對待孩子，對她也更體貼了。

朱莉也試著去愛李世平。可是沒有用，她無法把印在心頭那個影子忘掉。有人說女人犯賤，可能很對。不然為什麼對一個那樣愛她的人，她偏不愛。反而對一個隔得那麼遠的人，朝朝暮暮的思念。

九

林宜耕沒發現她進來，一個勁兒的在吸烟。他又用烟造成一層朦朧，把他淹沒在朦朧裏。

突然她覺得渾身發抖，腿也發軟，步子都拿不穩。她弄不清楚這份突來的激動，是來自對他的愛，或是來自對他的恨。

「宜耕！」她走到他面前幽幽的說。

「你來了。」炯炯的眼神中，輕蔑不是輕蔑、冷漠不是冷漠。是一股冷冷的火。

「你要我來，我還能不來。」

「我還以為你不會來呢，坐下吧。」把她讓到對面的卡座下，同時取下嘴上的香烟，自我解嘲的苦笑了一下：「我又抽了這麼多烟，這是『藉烟消愁愁更愁』。還是桔子汁嗎？我曉得你喜歡桔子汁。」

「我是不該來，你曉得我已經結婚了。」

「就像我不該寫信給你似的，你知道我討厭寫信；可是非寫不成，我想看看你和孩子。」

「宜耕！」下面有好多話卡在喉頭，卻一句都吐不出來。她覺得淚水在眼眶裏打轉。

「什麼？」他等她的下文，等了一晌卻又說：「你懷裏的孩子就是吧？給我看看是不是像我。」接著又是一聲慼嘆：「沒想到自己的孩子，倒讓人家揀個便宜，做了現成的爸爸。世事真是很難料的啊。」

「你不能這樣說，宜耕。」

「我說難道不對嗎？孩子本來是我的；如今卻要跟著人家姓，叫人家爸爸。」

「這不能怨我啊。」

「我沒有怨你啊，我祇怨自己。」又點起一支烟，吸了一口吐出來，也在面前造成一片朦朧：「我過去都把愛情看得像演戲，從來沒認真過；這次為什麼會這麼認真。可是我說過兩年之後就回來，你也親口答應過我，一定會等我。我不明白的，朱莉？我們當初說得那麼牢靠，怎麼會不到幾個月就變了？為什麼不等我兩年？所以我祇能怨自己，一個流浪漢，在人們心目中任何事情都是荒唐的。就是把心掏出來，人家也不會相信。」

「我不相信你？宜耕。我如果不相信你，也不會把一切都給你。可是你叫我怎麼個等法？孩子不能等你回來再生啊，我總不能做一個未出嫁的媽媽呀？」

「你為什麼不早告訴我你有了？」

「我到那裏告訴你，你連個消息都沒有。」

「這也是報應，我作的孽太多。」把烟蒂捻熄丟進烟灰缸：「把孩子給我吧，可憐的孩子。」

「看吧！眼睛很像你。」把孩子小心的放到他懷裏。

「那真是作孽。」緊抱著孩子，像抱一件寶貝，眼神雜著一股極深的憂傷：

「多可愛的孩子，她的命運本來該像一個小公主那樣好，現在一變就不知如何了。

喂！別哭！可憐的孩子，她好像已經曉得她將來的命運。」

看著那個憂傷的臉，她心頭有說不出的感觸。

「宜耕！我對不起你。」

「過去的事不要說了。」

「原諒我，宜耕。我已經結婚，已經是別人的人。聽我說：忘了我吧，就當我死了。」

「那你是不愛我了？」

「別這樣問我好不好。」

「我只要你回答我一句話，還愛不愛我？」

豆粒般的淚珠順著臉腮滾下來。淚眼模糊中，那張粗獷帶有野性的大臉上的憂傷，更沉重的壓著她。她絕沒有想到，像林宜耕這般鳶飛魚躍的性格，也會被感情折磨成這個樣子。這個曾經是無牽無掛的男人，是被她害慘了，突然心像刀割的一般痛。

「你叫我怎麼說呢？宜耕。別逼我了。你會找到更好的女人；我這樣的女人，不值得你愛。」

「跟我走！朱莉！如果你還愛我的話。」那隻抓在她臂上的手那麼有力：「我不能沒有你，朱莉。我們到一個很遠的地方；讓他們找不到我們。」

「不成啊！宜耕。放開我！放開我嘛！」不知是掙扎好，還是順從好：「我不能做出這樣的事。我已經結過婚了！懂嗎？我是個結過婚的女人。」

「我不管！我只要你跟我走。」

「求求你！宜耕。饒了我吧！」

哇！孩子被驚動的哭起來。

啊！慨嘆一聲，鬆開拉她的手。

朱莉過去幫他哄孩子，卻不由己的偎到他肩上。一股幸福的溫暖突然充塞心頭，剎那間世界變得那般安寧。

時間在溫暖中流過，林宜耕霍地站起來。

「我該走了！我是該走了！」

抬眼茫然的望著他；他不是要帶她走嗎？此刻他如果再那樣說，她真不曉得怎樣才好。

「我早就知道不該來看你。」黯然神傷的眼睛突然出現一大堆紅絲：「可是我又非常想了解你婚後的情形和孩子是什麼樣子。我祝福你，朱莉。以後能生活得幸福愉快。

把孩子抱去吧！希望你能好好待她。」

「你放心！宜耕。我一定會好好的愛護她。」

「我擔心的就是這個，你這樣說我就放心了。」

「你要到哪裡去？」

「我也不曉得。我本來就是一個流浪漢，生來就一副流浪的命；天涯海角，任憑我去流浪。」一個信封同時塞到她的手裏：「喏！這個給你。」

「這是什麼？」

「一張支票。」

「我不能拿你的錢。」

「拿著！」硬把信封塞進她手裏：「聽我說，朱莉。我本來想用這一筆錢，好好買一幢房子，和你一道安安靜靜的生活。現在這個計劃已經破碎了，這筆錢對我已經毫無用處，但對你卻很有用。」

「這不是有沒有用，而是不該拿。」

「該！絕對該拿！因為你懷裡還有一個孩子。不管這孩子將來姓什麼，叫誰爸爸，她終究是我的骨肉。我要使她生活得好好的，受好的教育。」

「這些我會負責。」

「拿著！這是我給孩子的，你沒有理由拒絕。」

「宜耕！你……」抬眼想用深情把他鎖住。

「我走了！朱莉。你珍重！好好待我們的孩子；只要你們過得幸福美滿，我就放心了。」在她肩上安慰的拍了拍，猛然一轉身，邁著大步向樓下走去。

她呆了，那高大的影子一轉眼就不見了。

十

孩子又哭起來，她才倏然醒過來。

又坐回沙發上，她得靜下來好好想一想。

旋風般捲進來一個人影，她打眼一看，心立刻跳起來。面前的人竟是李世平。

「世平！你怎麼來了。」臉突然像火燒，可是地板上沒有縫，她鑽不到地下去。

「我來給你送東西。」

「送東西？送什麼東西？」

「你看！都在這裡。」東西已經堆在她面前，那兒放著兩個大皮箱，是她結婚時裝衣物用的。

「你把這些東西拿來做什麼？」口頭上雖然裝作不明所以，心裡已經發覺事情不妙。

「這是你的東西，應該送還給你。」

「你……」

「你聽我說，朱莉。非常對不起你，我回家看到林宜耕給你的信。我當時很激動，很氣，差一點暈過去。可是我想了一下，終於想通了。愛情是不可以勉強的；勉強對兩人都是受罪。於是我也就不氣了。你既然還愛他，我硬把你留著也沒有意思。所以我願意成全你們，把你的東西都給你送來，讓你跟著林先生走。」

「世平！你聽我說……」可是急得說不出話來。

「再見吧！朱莉。祝福你能生活得幸福美滿。我們也算有一段緣分，如今緣盡了，也就該散了。」李世平說完便轉身匆匆走開，連頭都沒回。

十一

想起應該去追李世平時，已經來不及了。

怎麼辦哪？

怎麼辦哪？

她虛弱的倒在沙發上，面前是一片茫茫。

孩子又哭了，哭得那麼響。

「乖！別哭！別哭！媽媽抱你，媽媽不會丟掉你不管。」拍著拍著，自己倒哭起來。

孩子不哭了。她扶著沙發慢慢站起來，茫然向四周望望。她到哪裡呢？哪裡是她的家。

她總是要走的，她不能一直留在這兒呀。

走吧！這世界到底是美麗的，總是有路可走。她要咖啡間的小弟幫她把皮箱提到樓下，抱著孩子走下去。

一陣晚風順著街道吹過來，帶給她一陣清爽。

看著滿街燦爛的燈火，她驀地不茫然了。她要回家；她知道李世平仍然是愛她的，他的心地也是十分寬廣。雖然她以前走錯了很多步；但人誰沒有錯呢？只要能及時回頭，就能走出迷茫，走向一個光天化日的世界。人的幸福是要靠自己去掌握；她要回去看李世平，向他表明心跡；她相信李世平那寬闊胸襟，必會將她包容在溫暖幸福裡面。並且她也會珍惜這份幸福，不會再走錯了。

她心頭也感到一陣開朗。林宜耕走了也好。是緣也罷，是孽也罷，已經都成過去。對她來說，也是一種解脫。

作者喬木

祭如在

一

洪阿川驀地一個踉蹌，跌跌撞撞向前衝了好幾步，差一點就栽進泥坑裡。幸好及時用手撐著地，才沒摔個狗吃屎。他娘的，人倒楣，路也坑人。不知是自來水公司還是電信局作的孽，把好端端的一條新舖的柏油路，挖得渾身爛瘡。雨一淋，汽車一輾，就到處流膿；一個不小心沾上，馬上變成個金身菩薩。

他一面咒罵著，從地上掙扎著直起腰，把滿手的黃泥漿，往背後的麻包上抹了抹；同時一手抓著麻包口，一手伸到背後托著麻包底，扭腰翹屁股的往上掂。那樣死命折騰了一會兒，總算把溜到背上的大麻包，掂到肩頭上。可是再蹣跚不了幾步，麻包又從肩上滑下來，石頭般壓到背脊上。他又掂著往肩上扛，但沒有用；扛上去不過幾分鐘，便很快溜下來。其實也難怪，包裡裝的那個東西，也太難扛，它方不方、圓不圓，剛扛上肩膀，馬上就順著脊樑骨往下滑。雖然他緊緊拽著麻包口往上拉，手反被拉到背後去。幹他娘！怎會這般重？腰都被壓斷了。

站到路邊喘口氣，伸手揩揩汗。路還好遠啊，扛著它再走那樣遠，不是累死了？不扛怎麼辦？丟掉？丟掉多可惜。千方百計才把牠弄到手，就是為了一口氣，還可以好好的吃幾餐。想到那大杯的酒，大塊的肉，他就禁不住得意的笑了。好肥啊！老闆準會把嘴咧得大大的。

驟然他的腿有力了，灰暗的臉上泛起一層光。能怨他嘴饞嗎？好久沒痛痛快快吃喝一頓，嘴裡快淡出一個鳥來了。祇是大掃把般的西北風，迎面直往身上掃，冷颼颼的鑽進領口裡，骨頭都凍得涼涼的。要冷！就他娘的冷吧！偏偏額頭還濕涔涔的，背上猛冒汗；再被麻包一壓，就粘粘膩膩不舒服。還有兩個耳根子，也被掃得火燒的一般癢，他用手揉了揉，更癢得刺心似的。奇怪！耳朵怎會癢成這種模樣？難道是那個野婆娘咒的？也許呀，她那張又臭又髒的鳥嘴，要被咒一句，準倒楣一輩子，早想到這點，就不該去惹她，如今弄了一身騷。說不惹她，又怎能忍下那口氣；看她現在那個神氣樣子，好像烏鴉真會變成鳳凰。然而憑她那副德性，任騙過誰，也騙不了他。那麼她要咒，就讓她咒好了，反正沒兒沒女，也不打算跟她結兒女親家。何況他已經走了半輩子下坡路，再往下滑，也壞不到那裡去；祇要出了那口氣，窮也窮得甘心。

走吧！別管她咒不咒了，好好吃喝一頓，才是正經。

二

有兩個人，各提著一個大包袱在趕路，兩個包袱裡都橫七豎八包著一些舊衣服，行色匆匆打洪阿川身畔走過。從他們的談話中，聽出大斜坡下面那座廟裡，又在辦冬令救濟，他們要把那些衣物送去廟裡。他娘的，這也算是新聞嗎？值得一路上窮嚷，怕人家不知道他們捐了幾件破衣爛被嗎？其實這座廟裡辦冬令救濟，已經不是什麼新鮮事，每年冬季都會來這一招。可是他在這塊地面混了幾十年，從沒見過白米白麵跟遮風擋雨的衣物，救濟到他身上。

臭！他朝路旁吐了一口唾沫。要是那些東西救濟到他身上，他要嗎？才不要哩。靠救濟過日子，沒出息。要靠，就靠自己。混好了，吃香的，喝辣的；混不好，挨凍、受餓。那是命，沒什麼好怨的。

要說不想那些衣物，可是這時刻的寒風，猖獗得像鞭子，猛往他身上抽，凍得渾身直打哆嗦。他看見一個包袱裡，有件厚厚茄克，能弄來穿在身上多好，再狠毒的鞭子，也不能奈何他。他娘的！雨也跟著趁熱鬧，還是小寡婦哭漢子那種哭法，悲悲切切的，一陣緊，一陣慢，還連帶著訴說，弄得人心頭毛毛的。好了！別管那麼多了，要哭就讓她哭個夠吧，誰叫桃園地區那樣怪，一到冬季，就整天風風雨雨的。可是話又說回來，要是天氣不冷，一個個「香肉上市」的招牌，怎會在家家飯店門口掛出來？怎會使那些喜愛此道的傢伙，夾著尾巴往裡面鑽？大塊的肉，大杯的酒，吃得渾身暖洋洋的，心頭就像燒起一把火，騰燃得雲裡霧裡般亂想。照這樣說，就沒什麼好怨了，老天能在這般時候颳颳風，下下雨，對他來說，也算天公作美啊。

如果要怨，只有怨他自己了，不該把唯一的茄克塞進麻包裡，弄得身上沒有一件能擋風的衣服。可是不在麻包上面弄點東西遮蓋著，行嗎？他對這條路太熟了，知道從那兒到地頭，要經過好幾道警哨；在過去，他對那些穿黑制服的先生們，從來都不理不睬，他們也拿他莫可奈何。但他今天把那東西裝進麻包後，心裡一直虛虛的，唯恐會在路上被他們攔下來檢查。一打開麻包就砸了，少說也得坐幾天牢，或罰個千兒八百的。要講坐牢，他倒不怕，這年頭坐牢，就像養老爺似的，有吃，有喝，風吹不到，雨打不著，在裡面過年都求之不得哩。怕的是被那個野婆娘曉得了，跑來指著鼻子罵一頓，就倒楣倒到家了；她是一個什麼髒字，都講得出口的女人。

想到這兒，他禁不住搖搖頭笑了，今天是怎麼了？那般瞻前顧後的，從前也沒這樣啊！根本沒做過警察會檢查的想法，祇要弄到貨，往麻包一塞，背起來就走，絲毫都不會心驚膽跳。莫非是這椿貨，身上沾了一個「洋」字，才使他忐忐忑忑？對！沒錯！就是這個心理在作怪，這年頭不論啥玩意，祇要沾上點洋味道，就香的很，當然不包括真正「洋雞」在內了。不過說到「洋雞」，據說臺北市中山北路的「洋雞」，比起土雞來，卻是身價百倍；但到底鮮到什麼程度，對他來說，還是一個謎。他雖風流半輩子，身上始終沒麥克得激起他嚐異味的興趣；倒希望今天老闆能看在「洋」字的份上，大方一點，他就可以跑到臺北找頭「洋雞」殺殺，看究竟跟土雞有什麼不同。那怕沾了一身騷，在他土了半輩子的時候，總算洋了一下子。

就由於那層關係，才使他在裝好麻包後，想找點東西在上面蓋一下。當時他曾想用稻草塞在麻包口上，無奈現今好多田地，都蓋成漂亮的公寓，想找一把稻草還真不容易。用報紙呢？如今報紙也貴得嚇死人，五塊錢一份，少說也得兩份才能蓋嚴；十塊錢，差不多是他一餐的飯錢；捨不得，何況還要跑好遠去買。當他左思右想，找不到適當東西時，突然發覺身上那件茄克，正好派上用場。脫下來往麻包口裡一塞，不就遮的嚴嚴的，再把麻包口紮緊了，就算碰到警察，也不會心裡有鬼了。他娘的！也怪！難道洋貨真帶有洋味道，他一路碰到的幾道警哨，神態都怪怪的，眼睛老往他身上斜，看得他心頭慌慌的。不過他面上仍然很沉著，現在大家都往廟裡送救濟衣物，他也可以冒充一下；就像剛才那個小警察向他看的時候，他便自動的打開麻包口，把蓋在上面的茄克扯出一角給他看；他便信以為真了，一面翹起大拇指，笑嘻嘻的對他直點頭。

可恨老天硬跟他作對，原先沒把茄克塞進麻包時，大太陽像火一般掛在半天空，曬得人直冒汗。那知它說變就變，像那個野婆娘般，一會兒熱得像團火，一會兒兇得像煞神，又是風，又是雨，叫人受不了。

三

艱難的邁著步，大斜坡已經在望了，再轉過那個三岔路口，就到了四海居；祇要進了那個門，就可以大吃大喝一頓。祇是耳根子越來越燒了，癢得他亂抓亂搔，嗨！那野婆娘咒人，好像非把人咒死不可。要有一把刀子多好，一刀把耳朵削掉，不就清潔溜溜了！

洪阿川愈想愈氣，他始終不知她有什麼好神的，大家都是什麼料，誰不清楚？他還記得很真切，也是這樣一個凍死人的鬼天氣，他跟阿林仔走進四海居，兩人往座位上一坐，兩大瓶金門高粱，跟一大碗香肉，馬上就送到面前來。由於那天特別冷，兩人在未到四海居以前，什麼想法都沒有，祇求好好吃一頓，擋擋寒氣，然後回去睡他們的大頭覺。那知三杯酒下肚，吃下幾大塊香肉，那些東西便在肚裡作怪了，把心熱得躁躁的。阿林仔一面給他倒著酒，並帶著幾分醉意，色迷迷的問他：

「阿川，你說春香閣那個秀蘭，功夫真那樣好嗎？」

「他娘的，我那回騙過你。」

「究竟怎麼個好法？」

「你要知道，不會自己去試試看。」

「你不會吃醋吧？」

「又不是我的老婆，我吃那門子醋。」

「有你這句話就好了。咱們別為了一個窯子姑娘，傷了兄弟的感情；那我今天就去見識見識了。」阿林仔把他面前那杯酒，一仰脖就乾下去。他心頭那股火，立刻升騰起來，把臉燒得一片通紅。

他也鼓勵的拍拍阿林仔，叫他放心前去。說到秀蘭的模樣兒，真是被豬八戒在臉上打了一鈀似的醜；別看她的模樣兒不起眼，竟然有本領把一個大男人，在她身上制得服服貼貼。至於會不會傷了他們的感情，他相信一萬個都不會；他跟阿林仔的關係，是從小一起玩尿調泥巴長大的，儘管時常打架，都是打了又好，好了又打。兩人的交情就在這種打打好好中，愈交愈深。現在他們都二十好幾了，自然不會像過去那般，一言不合就揮拳頭；反而好的不得了，可說到了有福同享，有難同當的地步。不論誰身上有幾文，就大哥二哥麻子哥，吃呀！喝呀！不會跟對方去計較。無奈兩人的家境都不好，沒讀幾年書，又沒有一技之長，從十三、四歲開始，就東遊西蕩打零工；像浪子一般，那裡有飯吃，就在那兒混。

到了十八、九，他們才一起在磚廠裡找到份固定工作，擔任磚廠的搬運工，完全靠力氣吃飯；誰的身壯胳膊粗，誰就可以多賺幾文。這方面阿林仔比他佔便宜，他從小就膀大腰粗，像小牛一般壯，兩臂的臂肌隆得鼓鼓的，手指硬的像鋼筋。多重的活計都壓不垮他，最多揚著破鑼嗓子叫幾聲。但兩人不論賺多賺少，都剩不下一個子兒，然後才能心安理得的睡大覺；祇是阿林仔比較花，除了吃吃喝喝之外，還喜歡穿戴打扮。

他們愛上香肉，倒是有樁戲劇性的經過。在那時節以前，兩人雖都曉得香肉是什麼，卻從沒想到去嚐嚐鮮。是一個刀子般的大冷天，他跟阿林仔身上沒錢，沿著公路窮盪，想到那兒借幾文，到館子裡喝一杯。突然一輛大卡車，風馳電掣的駛過來，祇聽汪的一聲，一條大黃狗便橫在路當中。他倆也被那景象嚇了一跳，但一眨眼的工夫，阿林仔便神經兮兮的拍拍他的肩膀說：

「有了！阿川！」

「有了什麼？」他還傻傻的瞪著阿林仔。

「也許我們的吃喝有著落了。那邊不是有一個廣東館子賣香肉嗎？我們就把這隻死狗拖去賣給他們。」

「他們會要嗎？」他疑惑的問。

「怎麼會不要？他們賣香肉，就得有狗啊。」

阿林仔那句話，點開他的竅。這話對呀，賣香肉就得有狗才成，他卻沒見那家飯館為了賣香肉，專門養過狗。那麼他們的香肉，是從那兒弄來的？於是兩人朝那隻死狗走過去，一人拾起一條狗腿，拖拖拉拉走到那家飯店的大門口。可憐那隻大黃狗，是被大卡車壓在頭上，壓了個腦漿迸裂；他們一路拖，一路把馬路染得血淋淋。老廣老闆一見，便樂得咧開嘴，一面吩咐伙計把大黃狗拖到店後面，一面把他倆讓到一個座位上，端來一大碗熱氣蒸騰的香肉，跟一瓶金門高粱，臨走時還塞給他倆一捲鈔票。「色」對二十幾歲的小伙子，本來就是一道關，能勘破的有幾人。他們平日就脹的慌，何況又喝了酒，吃了香肉，更脹得像要爆。於是春香閣跟紅芳園那類地方，就經常出現他們的行蹤。從那時候開始，賣狗、吃香肉、找女人，也成了他們生活中，緊緊相連的三個環節。

四

阿林仔用什麼手段降服秀蘭是個謎。在他去過春香閣半月後，秀蘭就變成林仔嫂了。不過在阿林仔身上連個毛子也沒有的情況下，他們的婚事也是窮湊合。所以當阿林仔把她帶到他們租的那間小屋時，她祇在手上提了一個包著幾件換洗衣服的小包袱，腳上趿著一雙春香閣的繡花拖鞋，臉上搽著春香閣那種厚厚的胭脂。阿川當時曾大吃一驚，阿林仔搞什麼鬼？把一個窯姐兒帶到住處來，直到阿林仔把話說明後，他才醒悟過來。然而也把他弄得訕訕的，不曉得說什麼好，秀蘭臉上同樣一片難為情。

大家不講話的乾耗著，場面更尷尬。他在心頭連著打了幾個轉，才想起場面話，總得說幾句。

「恭喜！恭喜！真沒想到啊！秀蘭，你會變成了林仔嫂，以後我們就是一家人了。」

「什麼一家人！」秀蘭啐了一口。

一看秀蘭那形景，就知道她誤會他的意思了。連忙走到她身邊，咬著她的耳朵低聲說：

「你別想到別處去，秀蘭。雖然我們過去曾是老相好，但已經過去了。如今你做了林仔嫂，我跟阿林仔，好得就像親兄弟一樣，你就是我的好嫂子，一定把你敬得高高的。以後絕不敢想到你身上。」

沒想到這番話，又把秀蘭說了個滿臉通紅。

阿林仔在一旁，揚著破鑼嗓門打個哈哈道：「你在說什麼呀？阿川，秀蘭可是個新娘子，不要亂講啊，人家會害騷的呀！」

「我該怎麼給你賀一賀呀？阿林仔。」

「賀個屁！」阿林仔的話從嘴角迸出來：「弄個女人的日子，連他娘的酒都沒有一杯。」

「放心！放心！我給你想辦法。」

他一面說著，卻急得團團轉。有什麼辦法好想，他窮得跟阿林仔一樣，渾身毛子兒都沒一個。脫褲子當掉嗎？等會吃喜酒穿什麼？但他不幫阿林仔想法子，總不能讓他在大喜的日子，東奔西跑傷腦筋。再用力搔搔頭，有了，幹嘛不去找老廣老闆打個商量。

老廣老闆還真夠意思，聽他說明來意後，連個頓都沒打，立刻答應給他們四個菜、兩瓶酒，外加一個香肉火鍋。並且借給他一點錢，使他能夠叫一輛三輪車，載著新人，體體面面來到四海居。當他們進入飯店時，老廣老闆已經把席面弄得好好的，桌面上還舖了一塊紅桌布，擺了三副杯筷，顯得喜氣洋洋。酒菜上桌後，老廣老闆也趕來趁熱鬧，他先舉杯賀他們百年好合，接著從火鍋裡夾出一條狗腿敬新娘子，把秀蘭樂得大嘴一咧，兩顆大金牙映著燈光閃閃發光。兩手抓著狗腿猛一咬；大概嘴上的口紅塗得太多了，狗腿變成一片紅。

老廣老闆又打個哈哈說：

「真是喜事啊，見紅了。」

秀蘭臉上又是一片紅。

酒宴結束時，老廣老闆堅持要送那桌酒席。阿川怎麼能讓人家送，阿林仔跟他像是親兄弟，他的喜事，就是他的喜事，自然該他負擔全部費用。祇是請老廣老闆暫時賒欠幾天，讓他有時間去設法；但那一桌酒席的費用，他總共弄了三條狗，才把欠債還清。

出了四海居，阿林仔感激的拍著他，千謝萬謝道：

「謝謝你！謝謝你！阿川，幫我這麼大的忙。不過我們的關係不比別人，現在我有了家，也就是你的家，分什麼你我啊。祇是我老婆可不准動。」

「你說呢？大嫂。」他開玩笑的問。

「你倆呀，狗嘴裡吐不出象牙。」

哈哈哈哈，他跟阿林仔一齊笑了。

五

洪阿川以後真的把阿林仔的家，當做自己的家，經常在磚廠收工後，跑去聊聊天；秀蘭也把他當做自己人，有吃的拿給他吃，有喝的拿給他喝。不過那時節，他們的生活著實苦，租的那個小房間，低低趴趴的，上面漏雨，下面泛潮。除了一張床跟一個舊衣櫥，另外還有一張派做多項用途的飯桌，祇騰出一個角角供他們吃飯用，大片桌面擺滿瓶瓶罐罐等雜亂物件。並且放在床邊的，是他們僅有的一張跛腿椅子，堆滿衣服跟兩個破紙盒子；在吃飯或來了客人的時候，只有坐在床沿。那情形看在洪阿川眼裡，總不能裝沒看見，所以他賺的那點工錢，也在時常帶點酒菜，前往阿林仔家中，貼得光光的。對於這一點，他絲毫都不心痛，好朋友嘛，他們兩口子有困難，他不幫忙，誰幫？何況他賺的那點錢，也是東不花西花，絕對存不下；能幫幫朋友的忙，也算做了一樁好事。

使阿林仔景況略微變好的原因，是他們以秀蘭的名義，請了一個會。會錢三百元，有三十幾個人，每月標一次。他也節衣縮食的認了一股，希望收尾會時，能收個萬把塊錢。那知這個會才標了十幾次，就突然倒會了。據說是秀蘭詐標了別人的會，被人家查出來，事情才鬧開了。洪阿川雖然也是受害者，可是念在朋友分上，一句話都沒講，祇覺得秀蘭怎麼可以做那樣不憑良心的事情。別人就不同了，怎肯甘心被她倒會，一齊跑到阿林仔家裡找秀蘭理論，把那間小房子，吵得像個殯儀館。有的又喊又叫，有的哭哭啼啼，有的指著秀蘭的鼻子破口大罵。那個平日本來就衣衫不整的女人，索性撒了野，一面披頭散髮鬼哭狼嗥的叫著，一面自己把胸口的衣服猛一撕，奶罩一扯，就露出兩個顫抖哆嗦的大奶子，硬賴別人給她撕破的。並且口口聲聲的說，要打就打，要罵就罵，要錢沒有，要命一條。經她這一鬧，竟把幾個大男人嚇呆了，站在那兒不知如何是好。這時他也覺得鬧得太不像話，便邊勸秀蘭收斂一點，並幫她講幾句公道話，錢是人賺的，不過欠他們幾個錢罷了，就那般折騰人。人不死，債不爛，有什麼好鬧的？他是阿林仔夫婦的朋友，他們的債務，他可以幫忙清。那知竟有兩個傢伙認了真，找到他頭上。他連眉頭都沒皺，拿出為朋友兩肋插刀的精神，一口答應下來。結果那兩個人的會錢，足足讓他背了一年多。

由於那樁事件，像一根刺，刺在洪阿川心窩，使他感到不舒服。便不像過去到阿林仔家裡那般勤。就在這時候，他聽說阿林仔在東問西訪的買地。那時節桃園地區地皮很便宜，他一買就是一大片。難道那些錢，是他兩口子倒會騙來的嗎？他絕不信阿林仔會做出那種事。

在洪阿川正奇怪，阿林仔那來那樣多錢的時候，有天晚上，阿林仔突然氣急敗壞的來找他；硬把他從床上拖起來，非要他陪著到桃園走一趟不可。問他有什麼要緊的事情，三更半夜跑到那樣遠的地方？他也吞吞吐吐不肯講，似有難言之隱。沒法子，只有捨命陪君子。兩人到了桃園後，逕奔一家旅社。找到女中打開一個房間一看，祇見床上赤條條的躺著一男一女，女的竟然是秀蘭。

也難怪阿林仔會火冒三千丈，老婆跑到外面偷漢子，這口氣叫他如何忍得住。一個箭步搶過去，兜胸就把那個野男人抓住，拳頭也跟著擂上去。這時秀蘭也發覺有人進來，連忙一撅屁股鑽到被子裡面，哭哭啼啼說：她是被那人挾持到那裡，不是她心甘情願的。正在氣頭上的阿林仔，那裡管那麼多，又上前對秀蘭拳打腳踢起來，痛的她哇哇叫。阿川見那對狗男女依舊赤身露體，實在難看。便攔住阿林仔，告訴他光氣沒有用，有話慢慢講，先讓他們穿上衣服。阿林仔才算住了手。

這時女中出面講話了，勸他們和解。

可是阿林仔不肯，堅持要報警。

「報警就報警，我怕你不成！」那野男人穿好衣服後，也硬起來：「也不是我勾引你的老婆，是她勾引我。要不是她勾引我，我會找上她？又不是十八歲的大姑娘，看看她那張臉，是什麼模樣吧，黑夜碰到，會嚇人一大跳。」

「什麼？我勾引你！你講不講理？說話憑不憑良心？」秀蘭乾嚎著大聲叫道：「我是那種人嗎？洪阿川先生在這裡，他是知道我的，我會做出這種事情嗎？」

「我不管什麼紅先生、黑先生，你憑良心說，是不是你在牆角對我飛眼，才上了你的當。他娘的！真是倒楣踩到臭狗屎，倒楣倒到他娘的家了。什麼好貨色！一張黑臉！一堆肥肉！還帶一股騷臭味。像這種貨，不花錢也找得著。」那野男人一面說著，氣得直跺腳。

女中見兩人互揭瘡疤，越揭越臭，又連忙打圓場：

「不論怎樣說，先生，總是你不對。」

「我那裡錯了？是她先勾引我的啊！」

「不管是誰先勾引誰，現在也扯不清了。她總是人家的老婆呀！你把人家的老婆帶到旅館裡，還有什麼話好講？要到了警察局，你就算有一萬個理，還是沒有用。事實就是事實。再說，你能丟得起這個人嗎？俗語說得好，破財消災。」

「你講，我怎麼辦呢？」

「總得給人家幾個遮羞費呀。」

「不成！不成！我絕不出一文錢。現在已經把我弄得灰頭土臉了，還要叫我出錢哪！」

「不成！我也不會和解的，我一定要報警。」阿林仔也氣咻咻的跟著吼，彷彿要用嗓門壓倒對方。

女中又連忙安撫阿林仔，跟他講了老半天，才使他的氣平了下來，坐在一旁不吭聲。她接著又勸那野男人，要是真的鬧到警察局，他還是理虧的。那時候鬧得人盡皆知，對他又有什麼好？還是私下和解了妥當。

於是那野男人用手搔搔頭，皺著眉頭痛苦的想了大半天，才心不甘情不願的點頭說：

「好吧！小姐！就聽你的，和解就和解吧。你說遮羞費該多少？我開支票給他。他娘的，她要是個十八歲的漂亮大姑娘，我倒不怕鬧到警察局，反正我丟人，她那張臉也沒處放。如今她是那樣的貨色，要是張揚出去，我還真丟不起那個臉。我什麼樣的人不好找？偏找到那樣一塊黑肉，人家不笑我是撿破爛的才怪呢！」

接著女中又幫他們討價還價的講了好久，雙方才把條件談妥。那野男人便開了一張支票給了女中，再由女中轉交阿林仔。究竟多少錢，洪阿川覺得這件事情太醜了，不願多問；倒幫他們在和解書上，印了一個證人的指模。

在回程的路上，阿林仔湊到他身邊感慨的說：

「真沒想到啊，阿川，秀蘭會做出這種事。弄頂綠帽子給我戴，叫我以後怎樣做人哪？」

「好了！好了！不是已經和解了嗎？還講它做什麼？」他不耐煩的說。同時在心頭暗想：這件事情要是落在他身上，他絕不會這樣做。他既不會告到警察局，更不會要什麼遮羞費。他會一腳把那女人踢得遠遠的；她喜歡那個野男人，就跟著他滾吧。這種事情髒死了，想到就噁心，還會讓她再進門？

那件事還是沒瞞住人，沒有多久，就宣揚得大街小巷都在談論：說那野男人，是中了阿林仔兩口子扮演的仙人跳，有點不值得。就像天鵝想吃癩蛤蟆，本來就是自己不尊重，連騷臭都不分；那知癩蛤蟆肉沒吃到，反被倒咬了一口，真是丟人丟到羅斯國了。

於是洪阿川對阿林仔懷疑了。他是那樣的人嗎？不是啊！他對阿林仔的一切，比誰都清楚。

那麼阿林仔變了嗎？

他為什麼會變呢？
是誰使他變？
他自己嗎？
還是秀蘭？

六

阿林仔又用那筆遮羞費，買了一大片土地。所謂有土斯有財，沒有多久他就時來運轉了。因為有人在當地砌造公寓出售，大家見那樁生意有利可圖，便一窩蜂的跑到桃園炒地皮，地價跟著直線上升。於是阿林仔也跟著變，安不下心在磚廠工作。他雖然每天都到工地打個轉，卻不似過去像牛一般，拚命賣力氣賺錢養家；現在是他高興了就幹，不高興就在那兒晃。並且人也變得更花，起初僅一天到晚嘴上掛著下三濫小調，什麼姐姐啦，妹妹啦、情郎哥哥啦；以及愛啦、恨啦、相思啦。後來他的身體慢慢輕起來，會一面哼著小調，一面翹著腳後跟跳動，渾身沒有四兩雞毛重。又過了一段時間，他西裝也有了，皮鞋也有了，穿得端端正正到廠裡上工。可是一個西裝革履的人，在磚廠裡搬磚頭，怎麼都不襯。他又不願脫掉那身整齊的衣服幹活。所以沒有多久，他就辭職了。

接著阿林仔又搬家了，遷到一幢新蓋的公寓裡；在搬家那天，並找洪阿川去幫忙。由於從發生秀蘭偷人那樁事後，他就沒再到阿林仔家裡去過，沒見過秀蘭。那天他一到那兒，就大吃一驚，幾乎認不出秀蘭來。只見一個衣著華麗的女人，迎著他直點頭。穿著一雙像鷺鷥腳般的高跟鞋，前面是鏤空的；由於鞋尖太窄，她的腳掌又太寬，便把小腳趾丫子岔到鞋外面。頭上燙了個黑人頭，鬈鬈鬆鬆的，好像爬滿一頭毛毛蟲。嘴上塗著血一般的大紅口紅，眼上戴著假睫毛，臉上搽著比在春香閣還白的胭脂；祇是厚歸厚、白歸白，仍無法不讓她那臉黑皮膚，從胭脂底下隱隱泛出來。直到那鴨子般嗓門開口了，他才恍然大悟，原來她是林仔嫂啊！

「阿川啊，好久不見了，怎麼不來我家玩了。」

「忙啊！最近好忙啊！」

「我們現在搬了新房子，地方大了，以後要時常來玩啊！」她臉上漾著一片得意的神態。

「就怕我這副髒相，會把你們的漂亮房子弄髒。」

「你怎麼講那種話？阿川。你不是講過嗎？你跟阿林仔像親兄弟一樣。我跟你說，阿川，我不是不知道你，你也不是不知道我。我跟阿林仔，是那種飛到高枝上，就不認老朋友的人嗎？不會的。」

「你們對我好，我不是不清楚，林仔嫂。」他見秀蘭講得那樣親切，心頭很感動，連忙回答說：「你放心，我有空的時候，一定會來看你們。」

「那才是好朋友。」

兩人講是那樣講，講過了，也就過去。那是阿林仔搬家後，離得太遠，他每天收工後，累的慌，便懶得老遠跑去。至於阿林仔，也不像剛結婚時光，衹要家裡有了好酒好菜，一定會跟洪阿川打個招呼，約他在收工後，到他家裡喝幾杯。不過也不能怨阿林仔寡情，他如今闊起來，有錢的人事多、應酬多，整天都在忙。洪阿川要到他家裡，他又不是沒長腿，不會自己來；難道要他開著車子去接他，他那副髒相，也配？

因此洪阿川幾乎一年半載，都沒去阿林仔家裡一次，偶爾去一次，也是匆匆吃餐飯，隨便聊幾句，拿腿就走；所聊的，也不像過去那樣，無話不講。而是沒話找話講，勉強得很難過。同時他發覺阿林仔也確實忙，忙得連飯都無法好好吃。在那種情形下，他就得自己識相點，早走為妙。

當然，阿林仔也不再幹捕野狗的勾當。一方面由於阿林仔發財了，地位被鈔票墊得高高的，成為社會賢達，派頭擺得足足的，自然不會再幹那種丟人的事情。他少了一個搭檔，就單絲不成線，孤掌難鳴，想弄，也很費勁。另一方面，他覺得自己也不少那幾個錢花，何必老作那個孽。所以他偶爾弄一頭送到四海居，除了吃一頓，餘下的也不會拿走，存在那兒慢慢算。

七

汪汪汪！一頭大狼狗，忽的一下子向洪阿川撲過來。

「啊！」他嚇得猛往後退，一個不小心，絆在大門的門檻上，跌了個四腳朝天。

「凱莉！凱莉。」秀蘭在屋裡大聲喚道，那頭大狼狗便轉頭向屋內奔去。

「誰呀？」

「是我，林仔嫂。」

「哦！阿川哪！你今天怎麼來了？進來吧，走廚房那個側門哪，客廳裡有客人。」

當時他感到一怔，就因為客廳裡有客人，便不讓他走正門？但他沒細想，轉身向廚房走去，找下女給他打開門；因為他相信，以他們的關係，她不會另有用意。到了屋裡後，既然知道客廳裡有人，他便沒去找阿林仔夫婦，幸好他屋裡熟，就自己到小起居間坐下。沒料他的屁股剛沾到椅子上，那頭大狼狗又從客廳那邊跑過來，圍著他身前身後轉，不停的張著大嘴，露著白森森的牙齒，氣洶洶的在他身上身下嗅；使他躲都沒處躲，叫又不敢叫。下女見狀跑過來幫他趕，大聲的對牠呼叱，仍無法趕開牠。

「怎麼了？怎麼了？」秀蘭聞聲趕過來。

「林仔嫂，你們什麼時候弄這樣一條狗，差一點把我吃掉了。」洪阿川得救似的說。

「怎麼會呢？凱莉不咬人的，你不要怕。」

「不怕！把我的魂都嚇沒有了。你看牠有多大；你們弄這樣一條狗幹什麼？有什麼用？」

「沒有用？你知道牠值多少錢？」秀蘭把兩個手指向外猛一伸：「二十萬！二十萬買的狗，會沒有用？玩玩才值得呀。其實牠是蠻可愛的，也十分聽話，只是有個習慣，要是衣服穿得整整齊齊的人，特別是西裝筆挺的，牠會溫柔的像綿羊，直對你搖尾巴，拍拍摸摸都沒有關係。可是見到衣服穿得破破爛爛的人，就不那樣乖了，會圍著那人直嗅直轉，把那人看得緊緊的。」

「沒想到還有那麼厲害的狗。」洪阿川乾笑一聲：「牠是狗仗人勢呢？還是天生就勢利眼？」

「牠是在洋人家裡長大的，養成的習慣。」

「洋人也不見得都穿的整整齊齊呀！」

「可是他們身上有股洋味道啊，凱莉一聞就聞出來了，我們中國人能比得上嗎？可是你也別怕成那樣子，牠不會吃你的，你以後弄套西裝，穿在身上不就成了。」

「我那來的錢買西裝啊。」

「你跟我哭什麼窮，我又不會向你借錢！」

「你那樣說，不是打我的耳光？林仔嫂。別人不曉得我，你跟阿林仔還不清楚我嗎？我每月賺那點錢，哪回剩下一個子？再說我就算能弄一套西裝，穿在身上也會難過死了；再弄條布帶子勒在脖子上，會氣都喘不過來。好了！好了！不談這個了！我以後到這裡的時候，穿整齊點就是了。可是今天你們客廳裡是些什麼人？怎麼連客廳都不能走？你要不先打那個招呼，我一腳就闖進去了。」

「還不是阿林仔跟幾個朋友在談生意。」

「阿林仔的朋友有什麼關係，我不過從那兒走過去，又不會打攪他們，你就那樣緊張？」

「話可不是那麼說啊，阿川，阿林現在是有身分地位的人，不是從前了。可是你不同，你究竟是我們的老朋友，不論穿的怎麼爛，還是會讓你進門的。要是別人穿得像你這樣子，這個門他就進不了。要被那些朋友見到亂七八糟的人，都往我家亂跑，我們還有什麼臉見人？你說對不對？」她說完，便又把眼睛逼到他臉上。

「你……」他覺得氣在心頭直往上冒。

秀蘭還沒覺察出他生氣，又接著說下去。

「對了！我的話還沒講完。我跟你講，阿川，你以後對阿林仔，可不能再阿林仔阿林仔亂吼亂叫了。他如今是上等人了，別人見了他，誰不恭恭敬敬稱他一聲總經理，或是董事長。你以後也得那樣稱呼他。」

他覺得打心頭往上冒的那股氣，衝得他要爆炸一般，氣得一句話都說不出來。這時下女已經給他弄好飯，端到他面前；那種烏七八糟的樣子，一看就知道是客廳那夥人吃完剩下的，可是雞鴨魚肉都有，外加半瓶酒。如果在平時，他絕不會計較這些，有酒有肉就是好的。現在他卻呼的站起來，把菜飯往外一堆，拿步走出去。

八

以後洪阿川就沒再到阿林仔家裡。秀蘭那天那番話，如同在他跟阿林仔的深厚交情上，狠狠切了一刀，把那份感情砍得血肉模糊。時間雖然已經過去很久，但切痕宛然，怎麼也合不攏。

「阿川！阿川！」他走進四海居剛落坐，便有人大聲招呼他，打眼一看，原來是阿林仔向他招手。

「你怎麼也來吃香肉了？阿林仔。」既然人家向他招呼，他就不能不理，只有走過去。

「我來吃香肉，有什麼奇怪？」阿林仔叫店員搬來一張椅子，招呼他坐下：「好久沒見了，還好嗎？今天我們好好喝兩杯。」

「還不是老樣子，我以為像你那樣有身分的人，不會再吃香肉了。」他半諷刺的笑道。

「他娘的！吃香肉管它什麼身分不身分。」

「哦！我明白了！」他臉上盪著股要笑不笑的譏嘲：「難怪我剛進門時，見路邊停了一輛汽車，裡面還有一隻大狼狗。原來是你的車呀？那隻大狼狗，不用說，就是凱莉了？所以一見到我，就汪汪叫。」

「你又惹牠了？」阿林仔望著他問。

「沒有哇，你講那樣的狗，我能惹得起嗎？」

「我看你也惹不起。」阿林仔突然板起臉，看著他用警告的口吻說：「我跟你說，阿川，我們朋友歸朋友，可是不准你打凱莉的主意。」

「他娘的！你怎麼說這種話？我們既然是朋友，我任弄誰的狗，也不會去弄凱莉。」

「難保啊！你窮急了，什麼事情都幹得出來。」

「你說這種話就不夠朋友了，阿林仔。我偷過你什麼東西嗎？別發了財，就把別人看扁了。沒有什麼了不起啊！你走你的陽關道，我過我的獨木橋。我不會求你的。我祇是見你來吃香肉，還帶著狗，才覺得奇怪。」

「吃香肉帶狗，有什麼好奇怪的？」

「牠聞不聞得出香肉的味道？」

「誰曉得，也許聞得出。」

「那不是很殘忍的事嗎？」

「有什麼殘忍，我等會還要拿香肉餵牠呢。」

「啊！那怎麼可以！」他大聲的說。那時香肉已經送到桌上來，他剛挾一塊肉送到嘴裡，突然聽到阿林仔的話，就噁心的胃一翻，連忙吐出來：「你絕不能那樣做，那會傷天害理的；你叫狗吃狗肉，不就等於叫人吃人肉。」

「哈哈！」阿林仔得意的大笑起來：「你以為人不吃人哪？阿川，你錯了！照吃！我當初剛出去混的時候，好多人都想吃我，可是他們狠不過我，反被我吃了。」

他再沒作聲，祇望著阿林仔細細的打量：他怎會變成那樣子？完全成為另外一個人似的。阿林仔倒沒注意他的表情變化，祇顧吃他的香肉，大塊大塊的向嘴裡塞；同時大杯的灌著酒。可是他對那碗香肉一點興致都沒有了，覺得看一眼，都感到噁心，信手拾起面前的筷子來，百無聊賴的玩著，一時心頭好孤獨，好寂寞啊！

阿林仔臨走時，果然叫了大半碗香肉餵凱莉。那畜牲見了肉，也不管是同類，還是異類的，用鼻子朝碗裡嗅了嗅，便就著碗大嚼起來。好像有層灰暗的霧，打洪阿川內心瀰漫起來，他感到好悲哀。人會不會也這樣子？照說是不會。可是照阿林仔的說法，也會。現在的社會，就是一個人吃人的社會。為什麼他過去從沒想到這些？是他也變了？他心頭是一片茫然。

他想上前看看凱莉的吃相，是否有同類相殘的樣子。那知他剛湊近了一步，凱莉便齜牙咧嘴的向他汪的一聲，嚇的他連退了好幾步。

「叫你不要惹牠，怎麼老不聽？」阿林仔向他狠狠的瞪了一眼，粗聲粗氣的說。

「你瞪什麼眼！」他沒好氣回瞪了一眼：「你以為我真怕牠，只有人吃狗的，沒有狗吃人的。」

「你要說這種話，阿川，我們這個朋友就沒什麼好交了。從我買了凱莉那天起，還沒有人敢在我面前罵牠一句。」阿林仔走到大狼狗身邊，親暱的摸著牠背上的毛：「我祇不過不要你去惹牠，你就那般衝我。不是我瞧不起你，阿川。你比凱莉差遠了，你知道牠值多少錢？前幾天有人出五十萬，我還不賣呢。以五十萬最保守的做法，拿去放利息，照黑市最低的數字，三分利，一個月就是一萬五。如果用牠來配種，雙方對半分，一隻小狗就是十幾萬，那更不得了；一年配幾次，就是百十萬。你呢？你有沒有掂量掂量過你自己？能值多少錢？」

「好吧！阿林仔！你說了就算，你既然不認我這個朋友，我也用不著攀高枝。狗是你們的老祖宗，你去發狗財吧。」他說完不管阿林仔的反應如何，轉身就走開。

他胡亂的沿著公路走了一陣子，氣漸漸消了。夜色已經濃得像黑墨，四周暗暗的。他的步子慢了下來，踽踽的在路邊彳亍，一時感到莫名的可憐又可恨。然而，他卻弄不清，那情緒是對自己，還是對那隻無知的畜牲。

九

洪阿川決心不再作孽，香肉卻不能不吃。到了冬天，總要到四海居去幾次。祇是香肉吃到他嘴裡，已不似過去那般興致勃勃。有時高高興興的跑去，等香肉香噴噴的端上桌，偏又直反胃，一口都吃不下。

他今天作這個孽，也不是為了幾個錢，或一頓香肉，而是為了一口氣。那是大上個星期天，磚廠放假，他閑在屋裡沒有事，悶得難過，便跑出去散散心。照說他跟阿林仔住處的距離，路程相當遠；那知信步所至，竟不知不覺到了他家門前那條馬路上。當時他還祇顧流連風景，根本不曉得到了什麼地方。突然幾聲汪汪狗叫，才使他醒過來，抬頭一看，那不是阿林仔的家嗎？秀蘭帶著凱莉在院內晒太陽。但她沒有發覺他，只把身體懶洋洋的倚在花圃的闌干上，一手把凱莉抱在懷裡，一手拿著塊什麼東西在吃。他偷偷走近一看，才看出她手裡是一條大雞腿，在用塗得血紅的大嘴，猛啃個不停。又像怕人搶走似的，一口口咬得很大。可是她的牙齒，又無法一下子把雞腿上的肉完全切斷，用力猛一撕，便有半拉子留在嘴外面。於是又鼓動著兩個腮幫子，張闔著嘴巴拖拖拉拉往下嚥，半天才吞到嘴裡去。等一條雞腿吃光了，大概嫌嘴上太油膩，又伸出舌頭沿著唇邊舔了舔，然後抬起抱凱莉那隻手，把牙剔了剔，一揚手把雞骨頭扔到院外去。

這一扔也把洪阿川嚇一跳，以為秀蘭已經發現他，用雞骨頭來打他，連忙往後躲。因而驚動了凱莉，從秀蘭懷裡猛然竄出來，連著躍幾躍，就到了大門口。

秀蘭也跟著跑出來，一面走一面罵道：

「什麼人！要死了！到這裡撒野。」待看出來是洪阿川，又把嗓門提高一度：「我以為是誰呢，鬼鬼祟祟的，原來是你呀，你不是不再進這個門嗎？」

「我沒進去呀！」他也不甘示弱。

「那你跑到這裡幹什麼？想打凱莉的主意。」

「我到這裡散步，不可以呀？」

「不准你到這裡散步。」

「這個你管不著，這條馬路又不是你們的。」

「你走不走？」

「我就不走！」他跟她標上了。

「好！你有種，就不要走。」

秀蘭說完不知怎樣做了一個動作，凱莉隨即猛一竄，就到了他的面前，狺狺的張著嘴，伸著舌頭，露著白森森的牙齒，一直逼到他臉上；腥腥的口水也朝他飛過去。洪阿川雖不怕秀蘭，她究竟是一個人。面前的這個畜牲，他卻不能不悚懼，一時被牠逼得手忙腳亂的，左閃右躲。

「不是不怕嗎？有種，就不要動！」秀蘭傲慢的斜昂著頭，格格的諷刺笑道。

「你不要神氣，秀蘭。我們走著瞧，看我不把凱莉給你們除掉。」他氣咻咻的發狠的說。

「作夢吧！阿川。你以為凱莉會像那些土狗一般，上你的當。」秀蘭又把嘴角撇了一下。

他就不信邪，人會鬥不過一隻狗？連著失敗幾次後，今天從市場買了一塊牛肉帶了去，一個鐘頭後，就把凱莉裝進這個麻包裡。

十

大斜坡到了，那兒是一個三岔路口，打那兒拐個彎，再走不遠，就是四海居；順著斜坡往下走，就到了舉辦冬令救濟那座廟。大和尚還在路口弄了一個路標，指示捐贈衣物的人行走方向。警察局好像對這樁事情，也十分重視，還派一個警察站在路口負責指揮。

那警察老遠便把目光投到他身上，對他肩上的大麻包直打轉，看得他心頭直跳。莫非阿林仔夫婦已經發覺凱莉被人弄走了？報了警；警察正在到處搜查，他如果直接走過去，豈不是自投羅網嗎？可是逃，現在也逃不脫，只有硬著頭皮往前闖；一面又打開麻包口，讓裡面的茄克露出一角來。不知是那警察太嫩，還是根本沒看出他臉色不對。當他到達路口時，便伸手指著大斜坡，叫他往下去。

他是到四海居的。跑到大斜坡下面怎麼辦。便裝做沒見到警察的手勢，拐彎就往四海居的路上走。

「那邊！那邊！」警察馬上攔住他。

「那邊是什麼地方？」他裝胡塗的問。

「你不是去送冬令救濟的東西嗎？」

「是的！」他不敢不那樣答應。

「是，就該走那邊。你沒見那兒有個路標嗎？沒有多遠了，下了這個大斜坡就到了。」

「謝謝你，我沒注意到路標。」

「你這一麻包東西好像很重，有幾十件衣服吧？看這件茄克還挺新的。」警察扯著麻包口的茄克拉了拉。

「有啊！不然怎麼會這麼重。」他一閃身躲開警察，他不能讓他把茄克扯下去，那會漏風的。

下了大斜坡，回頭看看警察沒有跟上來，洪阿川才放下心。他站在路邊猶豫一會兒，想該怎麼辦？他總不能把凱莉扛到廟裡去，不把大和尚弄得啼笑皆非——直唸阿彌陀佛才怪哩。有了！這樣吧！斜坡的再下面有條河，河上有一座小橋，先把牠藏到橋底下吧。

把凱莉藏好後，又走上大斜坡，到了路口還跟警察打了個招呼，掉頭走向四海居。進了門，他便跑到老廣老闆的身邊，貼著他耳朵說：

「老闆，我今天弄了一頭好貨。」

「在那裡？怎麼沒帶來？」

「你聽我說嘛，我在三岔路口碰到個警察，只有先扛到河邊藏起來，等會兒再去拿。不過我保證，好大好肥啊。還是一頭洋貨呢，你說棒不棒？」

「洋貨？那裡弄來的？」老闆感到一愣：「有些人是惹不得的，那是砸招牌的事。」

「你別怕，沒人曉得的。我索性老實告訴你好了，是阿林仔的。你見過那頭狗吧？肥不肥？據說值五十萬。本來我早就發誓不幹這種事情了。可是阿林仔兩口子有了幾個臭錢，就神氣的不知姓什麼，把一條狗當做老祖宗，誰惹了他，就用狗來嚇唬人。我才氣不過，非除掉牠不可。五十萬！放到鍋裡一煮，五萬都不值！不過我先跟你講，老闆。我現在身上沒有錢，你還得給我弄瓶酒跟一碗肉，等會再一總算。」

「沒關係，老朋友嘛！一點酒算什麼。不過那樣一條狗，就這般糟蹋了，實在太可惜。可是話再說回來，阿林仔如今也神氣的過分了，好像六親不認似的。你這樣治一治他，也是給他一個教訓。」

「是嘛！老闆！想想真教人氣不過。你還記得吧？他們結婚那晚上，連住的地方都沒有。還是我把地方讓給他們，半夜跑來找你，在你店裡打地舖。」

「哈哈！」老闆笑了：「你還記得那些啊？」

「怎麼不記得。」

十一

不知是老廣老闆對他不放心，還是由於阿林仔如今發財了，財大氣粗，大家對他有顧忌。在洪阿川肉飽酒醉要去運凱莉的時候，還特地派了一個伙計跟他去拿，一方面是因為天太冷，風風雨雨的，不願讓他跑來跑去。再說路上既然有警察，還是小心為妙，不然，被查問起來，總是麻煩；他那個伙計可以抄小路，從後門弄進來。

雨又落下來，小寡婦現在傷心到極點，大哭大叫著把淚水往下潑。河邊沒有路，只有高高低低的鵝卵石，跟高可及膝的亂蓬蓬茅草。寒風順著河邊掃過來，搖動著山上樹木及兩岸的野草，嗚嗚咽咽像鬼哭。他們跌跌撞撞走到橋底下一看，那裡還有麻包的影子。

「啊！」他吃了一驚：「怎麼不見了！」

「你有沒有記錯地方啊？」那伙計跟著也奇怪的問。

「不會的，我清清楚楚記得，放在這個橋墩根下。真他娘的怪事，牠會跑到那裡去？」

「我們再到別的橋墩旁邊看看吧，說不定是你自己記錯了，把牠放在別的地方。」

雖然明知道自己沒記錯，眼前沒有東西，卻是事實。就不得不接受那伙計的意見，到別處找找看。可是兩人在黑暗中，摸索著找過幾個橋墩，依然不見麻包的蹤跡，他就灰心了。牠會跑到那裡去呢？被河水沖走了？還是被別人拿走了？都不可能。不僅河水沒漲過，並且這樣的大冷天，也不會有人跑到河邊來。他在橋邊發了一會呆，來的時候那股興沖沖勁兒，便失望的沉下去，也感到冷了；再被小寡婦哭漢子的淚水一淋一灑，渾身直發抖。

到那兒躲躲雨呢？只有那座廟在遠處閃著亮亮的燈光。兩人到達廟前時，見到屋簷下，站著一個俏生生的少女，不知是來這兒避雨的，還是來燒香拜佛，被雨阻在這兒。那伙計是個二十幾歲小伙子，長得壯壯實實，白淨臉皮上掛著笑容。他一見少女，就像貓兒見了魚，立刻粘上去，嘻皮笑臉的沒話找話說。那女孩子起先還愛理不理的，沒有多久，便熱乎乎的有說有笑了。

他沒心情在一旁看光景，覺得身上冷得把心都縮到一起了，急忙鑽進大殿內。但見這座有著紅紅柱子，寬廣高大的佛殿裡，金身的如來佛，法相莊嚴高坐蓮臺上。在香煙的繚繞中，低垂著眼瞼，默察大千世界的疾苦。然而偌大一個地方，卻空蕩蕩的只有兩個人，一個工人模樣的女人，在大殿一角整理冬令救濟的衣物；心智似完全集中在那椿工作上，兩手分門別類的忙碌著，連頭都不抬。另外就是那個被人稱做活佛的大和尚，在殿內不停的來回走，步子重得震得大殿都在動。他的樣子像是很忙，洪阿川卻又看不出他在忙什麼；難道他內心也會不安寧？才會這般走投無路？

突然錚的一聲傳進他耳朵，是大和尚站在佛堂前面敲出的聲音。他敲的是什麼？鐘？鼓？木魚？罄？他卻分不清楚，祇覺得那錚錚的聲音，直敲他心頭，震得他的心一直跳。就在這時候，大和尚又驟然喃喃唸起經來；那錚錚的聲音溶入喃喃的經聲中，就不再敲得他心頭直跳了。

他再抬頭望望蓮臺上的如來佛，法相依然那樣莊嚴。

香煙依然在他面前繚繞，把他帶進雲裡霧裡般。

他不知不覺兩腿一彎，跪在面前的蒲團上。一時他想起凱莉那副慘狀，阿林仔那副囂張的神態，秀蘭那副醜態跟媚笑，四海居的酒香跟肉香。那麼他是作孽嗎？他為什麼要做那個孽？他不是不再傷天害理嗎？

錚錚聲依然在響。

經聲依然那樣平靜。

香煙依然在面前繚繞。

一幕一幕的往事不停在他腦際掠過。
他仍在關心凱莉那裡去了。
奇怪！怎麼會發生那種事？
算了吧！管牠做什麼，也許牠有牠的去處。
那就好，用不著他耽心。
想到這裡，他腦子裡那些景象移動得越來越慢了。
所有的罪跟孽、怨和恨，也化得無影無蹤。
漸漸心頭祇剩下一片靜。
他聽不到外面的風雨聲。
聽不到那伙計跟女孩子的打情罵俏。
身上也不再冷了。
最後更聽不到那聲聲的錚錚。
聽不到喃喃的經聲。
看不到繚繞的香煙。

也不知置身何處。
他已經完全忘掉自己了。

作者喬木

一九八四年刊載於中國新文學叢刊一三四期

滿載

一

陳昌堤先生把釣鈎從海裏拉上來，看看鈎上沒有魚，釣餌倒被海水沖走。他又掛上餌，重新把釣鈎甩進海裏。再把釣竿插在石頭縫中，走到一處高大的岩石下，坐在它的陰涼處躲太陽。

天氣真熱，今天的太陽一升出海面，就像火一樣沒遮攔的撒下來；透過那片碧澈的長空，如同把空氣融化成一種青漠，在空際浮動。陳昌堤這天起得很早，一吃過早餐就帶著漁具來到這裏，又在路上買了一大塑膠袋麵包。那麼多的麵包他根本吃不完，可是賣麵包的那個小販，對這個老主顧的心理摸得很透，祇要硬往他手裡塞，他就會拿著。這些麵包便會在當天的下午，送進設在街頭那個育幼院，進了那些孤兒的肚裏。陳昌堤坐下後，拿出香煙點上一支，對插在一旁的釣竿，祇偶爾瞄一眼，有沒有魚上鈎，也不在意。他到這裏釣魚的目的，不在能不能釣到魚，而是為一份陶情怡性的情趣。

在隔壁的海水浴場上，已經有人走動，是一群年輕的男孩子，他們在放了暑假後，沒有課業的壓力，便整天到這兒戲水。祇見他們把帶來的衣物隨便往岸邊一放，就爭先恐後笑著叫著跳進水裏。現在正是漲潮的時候，一波一波的海浪，捲著層層疊疊浪花，不停向岸上湧。

他真擔心潮水會把他們的衣物捲走。很想大聲的告訴他們，把衣物拿到高處放好。可是他沒有吼出來。

因為他發覺他們玩得很起勁。幾個人同心合力把一條塑膠船吹足氣，抬到海水裏，就在那裏爭來搶去打水仗。這天真戲水的景象，本身就是一幅美麗的圖畫。每一張淳樸的臉上，都映著一片純真。對外界的一切，絲毫都不放在心上，如果他隨便對他們喚一聲，一定會把那種自然形成的景象打碎，破壞畫面的美。

他把嘴角上的煙用力抽了一口，又徐徐吐了出去。縷縷細煙柔柔的向上升去，很快便融入眼前那片青漠。

藉著香煙的刺激，一縷笑容也從他臉上綻出。幹嘛要替他們擔心呢？也許潮水真會把他們帶來的衣服或食物打濕；當這種情況發生時，他們的反應會是怎樣？如果時光倒退四十年，他的反應可能是哈哈一笑，餓著肚子照玩不誤；也可能抓起被海水泡過的麵包，津津有味的啃幾口。雖然大人會擔心著涼或生病，他們卻依然長得好好的，一天比一天壯。

因「年輕」對人來說，就是生命力最充沛的季節。

突然插在石隙的竿子動了一下，他看了一眼，但沒過去收線。要真有魚上鈎，他願意讓牠逃掉。

二

「噯喲！我們的包包淹水了！」

一聲驚叫從浴場那邊傳過來，把漸漸進入沉睡狀態的陳昌堤，驚得把頭猛一抬。潮水果然漲高了，越過孩子們放衣物的那道線，向上湧得更遠。一時孩子們也顧不得玩水了，紛紛把他們衣物往乾淨的地方搬。一個孩子手裏提了個塑膠袋，呆呆對它望著。

「怎麼？麵包都泡水了？」另一個孩子走過去問。

「是啊！你看怎麼辦？這麼多麵包，都被海水泡成這樣子。」拿塑膠袋的男孩子，把手裡的東西一揚。

他對面的孩子卻一拉嗓門叫道：

「大頭，你不是要吃鹹麵包嗎？」

「哪來的鹹麵包？」一個穿紅游泳褲的孩子問道。

「這裏？」塑膠袋隨著又一揚。

「我們不是沒買鹹麵包嗎？」

「甜麵包淹了海水，不是變成鹹麵包。」

「泡了海水還怎麼吃？」

「吃一個嚐嚐吧，看什麼味道。」

「嚐就嚐！反正毒不死人。」大頭跑步奔過去。他是一個很可愛的男孩子，長得胖胖壯壯，大眼亮亮的。太陽照在他肌肉豐實的背脊上，閃著熠熠的光。

他到了拿塑膠袋的孩子跟前，不管三七廿一，拿起一個麵包就往嘴裡塞。祇聽一聲：「噯呀！我的媽呀！」大頭手裏那個麵包，被他隨手一甩，就甩到波濤洶湧的海裡。

「真的不能吃了？」一個高個子向海面載沉載浮的麵包望一眼，轉臉看著大頭。

「你吃一個試試。」大頭把塑膠袋拿過去，往高個子面前一送：「海水泡饃，味道美的很。」

「麵包淹了水，那我們中午吃什麼？」高個子不肯上當，連試也不願試。

「不吃啊！玩完了回去再吃。」大頭無所謂的說。

「不吃怎麼成，我早就餓了。」最先發現麵包淹水的那個孩子說。他一身排骨，肋骨可以清清楚楚地數出來。難怪他比別人餓得快，他身上儲存的脂肪太少嘛。

「那你就去買。」大頭馬上說。

「我才不要呢，這麼熱的天。」排骨大聲嚷道：「我們大家猜拳，誰輸了誰就去買。」接著他把聲音又提高一度：「喂！大家快來啊！我們的麵包泡到海水了，不能吃了。每人再出四塊錢買麵包。現在大家來猜拳，決定誰到街上買。」

於是一陣劈哩啪啦聲，七八個孩子圍成一個大圈圈。接著一陣吆喝聲，便分出勝負了。祇見大頭把他的大腦袋一歪，漾著一張苦臉說：「倒楣！倒楣！怎麼猜到我。乖乖，這麼熱的天，走那麼遠的路。慘哪！」

三

「小朋友！小朋友！」

一隻手從岩石的陰影下，迎著大頭揚起來。陳昌堤早晨被小販硬塞的那一塑膠袋麵包，現還原封不動擺著。這些孩子的午餐既然被海水泡的不能吃，為什麼不送給他們吃？便老遠對大頭叫起來。

「什麼？」大頭朝他看看。

「你過來。」他把手指勾了勾。

「你要買東西是不是，漁翁伯伯。」大頭眨眨眼，想找個適當的稱呼，想了半天結果還是「漁翁伯伯」比較合適。

「我不買東西，我這裏有東西送你們吃。」

「什麼東西呀？」大頭眼睛猛一轉。

「麵包！我這裏有好多麵包。」

「不要了！謝謝你，我們要去買。」

「你不是害怕跑路嗎？」

大頭笑起來，兩頰浮起一雙酒窩。

「天氣是太熱了，像要把我的肚子晒炸。可是我猜拳猜輸了，賴皮也不成啊。」

「我這裏有現成的麵包，你們為什麼不拿去吃。」

「你那裏有多少？」

「你們每人分兩個，保險夠。」

「那我們買你的好了。」

「我的麵包光送不賣。」

「那我們不要，我們自己買去。」

「你先過來好了。」

「你一定得要錢哪！」大頭撒腿跑了過來。

岩石跟浴場很近，祇幾步路，一眨眼就到了。當大頭見陳昌堤身旁那一大袋麵包時，便大聲叫起來。

「漁翁伯伯，你買那麼多麵包幹什麼？」

「吃呀！」

「你能吃那麼多？」

「買給你們吃呀。」

「買給我們吃？」大頭的目光在陳昌堤臉上閃了閃。

「因為我會算。」陳昌堤對大頭笑笑：「算著你們今天的麵包會被海水淹掉，才買來給你們吃。」

大頭將信將疑的把大眼一轉說：

「才不是哩。」

「不是？那你說我買這樣多麵包幹什麼？我自己又吃不了這麼多。」陳昌堤依然笑著。

「我不曉得。」大頭把他的大腦袋用力一搖：「雖然我不知道你買這麼多麵包幹什麼，可是我曉得你絕不會算得這麼樣準。原來漁翁伯伯也是個蓋仙，來蓋我們的。這樣好了，我們一共九個人，買你十八個麵包，每個兩塊錢，總共是卅六塊錢。」他說著朝陳昌提把手一揚，裏面是一大堆零錢；大概是他們大伙，剛才湊齊的。

「我說過不要你們的錢。」

「不要錢，我們就不吃你的麵包。」大頭把手裏那一大堆零錢，嘩啦一聲放到陳昌提身旁的地上。

「好吧！要給就給吧！」他無奈的說。

「來啊！來吃麵包啊！這裏涼快，吃完了再玩。」大頭把手朝嘴上一罩，就罩成一個喇叭，對著浴場大聲吆喝起來。

孩子們一湧的奔過來。

四

「他才不是個漁翁伯伯呢。」

當大頭分著麵包，並向大伙宣佈那些麵包是向這位漁翁伯伯買的時候，排骨馬上提出糾正。

「怎麼不是，這位伯伯在釣魚，當然是漁翁。」

「他釣魚也不是漁翁。」

「為什麼我釣魚也不是漁翁？」陳昌堤對排骨的話發生興趣，轉臉笑著問他。

「因為我認識你。」

「你認識我？」那就奇怪了，他卻不認識這個排骨。

「你姓陳，是不是？」

「對的！」他隨口應著。不問也不多講。他要求證一下，排骨講的話是否正確。

「我知道你以前做過大官，是什麼部的什麼長，上下班都有公家的小轎車接送。」排骨一面比劃著，好像對陳昌堤那段輝煌的歷史，充滿了羨慕。

「你怎麼知道的這樣清楚呢？」

「我們以前跟你們做過鄰居，後來搬走了，不過只有我認得你，你卻不認識我，你說對不對？所以我一見到你，就認出來了。怎麼可以叫你漁翁伯伯呢。我還曉得你的兒子女兒都到美國留學了；都是博士呢。」

「可是現在我是在釣魚啊。」陳昌堤仍笑著：「釣魚就是漁翁，我喜歡你們喊我漁翁伯伯。」

陳昌堤雖然嘴裏這般講，心頭還是捲起一陣風，一下子把自己捲到半空裏，驟然又摔落到地上。他沒想到會在這裏，遇到一個對自己的歷史那樣清楚的孩子，想隱藏都藏不住。可是人生不論怎樣輝煌跟風起雲湧，有一天總是要歸真返璞的，回到真正的自我。然而這種歸真返璞，又需要多麼恢弘的氣度。對人生來說，權勢、高位、名利等等，一直是大家嚮往的目標；置身其間，即使醒著，也會被那種一身繫天下安危的想法所惑，而戀棧不已。那麼一但從叱吒風雲中跌了下來，有幾個人受得了那種空虛與寂寞。幸好他對人生的一切，本來就看得很淡，才沒跌得特別重。但那種驟來的寂寞，仍折磨他很久一段時間。他愛上釣魚就是在擺脫那種困頓的孤寂；既然一身別無所繫，跟一個一竿在手、傲嘯煙霞的漁翁又有什麼分別？唯一不同的是他有一筆優厚的退休金，跟兒子女兒按月寄來的美金維持生活，不必靠釣魚吃飯罷了。

這也是他為什麼會經常帶一大堆糖果餅乾，到街頭那個育幼院的原因。他看著那些孤苦孩子津津有味吃著他帶去的東西，就會打心裏洋溢著快樂。

而這群孩子卻不肯白吃他的麵包，一定要給錢。他非得設法把這些錢還給他們才是。

五

「陳伯伯，你為什麼到這裏釣魚呢？」排骨大概跟他做了幾天鄰居，對他產生一種親近的關切。

「喜歡釣魚啊。」陳昌堤笑著回答。

「那也不能天天都釣啊？」

「不釣魚做什麼呢？」他故意笑著問道。

「你可以去美國玩啊。」排骨說得很認真。

「我去美國玩什麼？」他仍笑瞇瞇的問。

「你的兒子女兒不是都在美國嗎？陳伯母不是也去了嗎？你為什麼不去呢？聽說美國好玩的地方多的是，什麼狄斯奈樂園，什麼稀哩嘩啦大瀑布。」

「尼加拉瓜，不是稀哩嘩啦。」大頭馬上糾正說。

「管它是尼加拉瓜，還是稀哩嘩啦。反正瀑布就一定會流得稀哩嘩啦。你說對不對？陳伯伯。」

他被排骨的天真逗得大笑，卻沒直接回答他。為什麼那麼多人都去美國，連這個天真的孩子，也會說這樣的話，難道他真的應該非去美國不成嗎？不過說到好玩，他對新大陸的名勝古蹟，興趣並不太濃。在他退休以前，曾經有多次出國機會，到美國的次數尤其多。雖然每次都是為了公事，公餘之暇，總要抽空出去走走，或遊覽名勝山水，或參觀文物古蹟。現在世界各地幾乎都走遍，有名的古蹟名勝，他多數都已看過。所謂「五嶽歸來不看山」，哪裏還有甚麼好的景緻，讓他千里迢迢跑去欣賞？山是不會變的，水也是不會變的。是去看那些日新月異的繁華景象嗎？他更不會去看了，他既是一個從人生戰場上退下來的老兵，對那種奇幻的光與影，早已看得十分平淡。如果有一天他真的要去，絕不是去看這些奇奇怪怪的東西。所要看的，而是住在那裏的兒子與女兒，以及孫子跟外孫。這是親情，從他骨髓裏流出來的親情，千年萬世都不會變淡。

他為什麼不去呢？是兒子不好？還是女兒不孝？像許多居留彼邦的國人，在父母辛辛苦苦，節衣縮食把他們送到外國之後，一但稍有所成，便回轉身來，對父母猛翻白眼，才使他視為畏途？他的子女卻不是這樣子，兒子是好兒子，女兒也是好女兒。現在他們雖都學有所成，工作安定，生活優裕，始終沒有忘記父母對他們的恩惠；時時刻刻希望有機會，對二老盡一份為人子女應盡的孝思。尤其在他退休的前後，兩姐弟竟一封接一封信的勸駕，連機票旅費的錢都寄來了，要他們老兩口，前往享享清福。當時他也曾動過心，打算到那兒住幾天。結果這個主意還是打消了。倒是老伴，她早就想兒女想得發瘋，一接到他們姐弟的信，就迫不及待的辦手續動身。

他曾嘲弄的對她說：

「你那麼急著去幹什麼？給他們帶孩子嗎？當牛馬？」

「我才不管是當牛馬，還是含飴弄孫。我喜歡去給他們帶孩子，當牛馬我也高興。」

老伴既然這麼說，他還有什麼好說。可是他對自己的不去美國，卻一直找不出適當的解釋。也許他那時候就已經愛上這片海，捨不得離開它。

兩姐弟見他不肯前去，倒沒再勉強。並怕他退休錢不夠用，兩人便聯合起來，按月給他寄一點錢來。他雖然去了好幾封信，告訴他們他的生活很舒適，錢也夠用，要他們不要再寄。但說了等於白說，兩人仍然照寄。那就收下吧；他不能硬把子女的一份孝思扼殺。

六

插在石縫中的釣竿突然動了，坐在岩石陰影大啃麵包的高個子，霍地跳起來朝前奔著說：

「有魚上鈎了！有魚上鈎了！」他到岩石上拔起釣竿，熟練的收起釣線來一看：

「噯！怎麼沒有魚啊？鈎上的餌都被魚吃得光光的。」高個子提高聲音告訴陳昌堤：

「陳伯伯，魚餌被吃掉了，怎麼辦？」

「吃掉就吃掉吧，你再把竿子放下去吧。」

「沒有魚餌放下去，幹什麼？」

「釣魚啊！」

「那你釣了多少啦？」

「你看看我的魚籃去。」陳昌堤說著一笑。

「怎麼一條也沒釣到啊。」魚籃放在岩石下面的海水裏，什麼東西都沒有。高個子拿起來一看，便大叫道：「你的魚餌在哪裏？陳伯伯。我幫你釣一條大魚。你猜我的個子為什麼這麼高？因為我爸爸釣魚最高桿了，我就是吃魚吃大的。」

突然排骨在旁邊哈哈一笑道：

「那大頭家裏賣肉了，才吃的這麼胖。」

「你胡說！」大頭跳起來。

「你這樣胖嘛！家裡不賣肉，怎麼吃得這樣胖？」

「你家裏是討飯的，你沒飯吃，才餓成這樣子。」

兩個小傢伙一言不合，扭在一起打起來。陳昌堤見狀就急了，兩人在岩石上左翻右滾，豈不翻到大海裏，連忙上前把兩人拉開。排骨身體弱，顯然吃了虧，仍不服輸的，掙扎著跟大頭理論。

「幹嘛呀！別鬧了。」陳昌堤怎麼肯讓他們打下去。

「可是他打得我這麼重。」

「來來！我們是老鄰居，過來我倆好好談談。」陳昌堤把排骨拉到陰影處：「打到哪裏了？我給你看看。」同時用手拍拍他，流露著一臉慈愛與關懷。

「沒關係了，我也打了他兩拳。」排骨笑起來。

「是嘛！朋友們打架，打過就算了。」

「你真好，陳伯伯。」排骨揚起臉來看看他：「陳伯母也去美國了，家裏不祇剩下你一個人了？」

「是啊。」他突然感到一種愴然。

「你不寂寞嗎？」

「一個人在家裏，你說會不會寂寞？」

「會！」排骨又望望他，眼裏泛著同情的關切：「你為什麼不下下棋呢？人家說你下的棋很好。」

「跟誰下呢？下棋也要有個對手啊。」

「我跟你講，陳伯伯。」排骨笑出一臉戇相：「我爸爸也會下棋，也下得很好，別人都下不過他。他知道你兒子每次回國，都會帶洋酒給你。他說要能到你家裏，喝著洋酒跟你下棋，一定不會輸給你。可是他不敢找你下，因為你的官太大了，他見了大官就怕。」

「他現在不怕我了吧？」

「我不曉得。」

「你爸爸現在幹什麼？」

「開計程車。」

「那他現在的官比我大，還是一個車長。我祇是一個光桿家長，什麼人都管不到，該我怕他才是。你要你爸爸有空來找我下棋好了，我家裏洋酒雖沒有，土酒倒有。我倆可以好好喝一杯。」

「我爸一定很高興，會馬上去找你下棋。」

七

下午的太陽更加烈了，像要把地上的一切，都要燒焦了似的，把地面照在一片灼灼的烈燄裏。岩石的陰影下也不涼快了，滾滾的熱浪，帶著一股焚燒的熱力，把岩石烘烤得像烙鐵一般。

孩子們吃完麵包，又很快回到浴場上。可笑的是排骨跟大頭這兩冤家由於剛才打了一架，就賭著勁互不講話，連路都不肯走在一起。那知到了海上，塑膠船竟然漏氣了，兩人便各銜著一個氣嘴猛吹。當把小船的氣吹足時，又站起來互相看了看，一個滑稽的扮個鬼臉，一個用手向臉上劃劃，一齊響出兩聲哈哈。

就是孩子的性格，也是孩子的可愛處。他們一言不合就打，打過又馬上好；永遠不會記仇。

高個子卻沒有去浴場上玩。他像隻大蝦似的，彎著腰蹲在石坎上，持著釣竿聚精會神的幫陳昌堤釣魚。他大概因為誇下海口，一定要給陳昌堤釣一條大魚，現在只有忍受著烈日，一心一意等魚兒上鈎。

那三十六塊錢的銅板，猶放在岩石上。在烈日的照耀下，閃出一團炫目的光。怎麼辦呢？把它收起來？他怎麼能要他們的錢？可是他當時卻不能堅決拒絕，那樣孩子們就不會吃他的麵包。他卻希望他們吃，他買這麼多麵包的目的，就是為了送給別人吃，那裏面也有一種快樂。

那麼再拿這些錢，買點東西給他們吃。那樣不是有些自私嗎？拿孩子們的錢，去換取他們的笑，在他們的笑中得到欣悅。

但孩子也需要笑啊！對人生來說，那也是一種最和諧的美。如何才能使他們接受他的請客，他得想個法子。

八

「快來看哪！快來看哪！我釣了一條好大的魚。」高個子突然像爆炸似的高興的叫起來。

他站在岩石的高處，一手拿著釣竿，一手拿著條鱗光閃爍的大魚，向浴場的同伴驕傲展示。祇見戲水的人都被他的叫聲，驚愕得向這邊轉過頭。他便把釣竿往地上一扔，兩手抱著釣上來那條大魚，奔向陳昌堤去。

「陳伯伯！陳伯伯！我釣到一條大魚！」高個子把魚放到陳昌堤面前，十分得意的說。

「你真行！」陳昌堤鼓勵的拍拍高個子。那條魚確實夠大，從頭到尾有一尺多長，起碼有五斤重。陳昌堤在這兒釣了那麼久的魚，還很少釣過這樣大的魚；多數都是一些小小的魚仔。

高個子被陳昌堤一誇，又神氣的說：

「我還釣過比這條更大的呢。」

「你吹什麼牛，你那回釣過這麼大的魚？」孩子們也從浴場上奔過來看魚，大頭找碴的說：「你拿陳伯伯的魚竿跟魚餌，才釣到這樣大的魚，就臭美了！」

「不信你就去問我爸爸。」

「好了！別吵！別吵！」陳昌堤揚手做了一個大家注意的姿勢：「你們都渴不渴？」

「渴！」大家齊聲的說。

「我請客，大家吃冰去。」

「我們不要你請，我們有錢。」

「你們的錢在這裏。」陳昌提指指那堆銅板。

「那不是我們的，那是我們給你的麵包錢。」因為錢是大頭經手的，所以大頭最反對。

「你們聽我講嘛！」他把兩手用力往下一壓，制止大家的吵雜聲：「你們說我們釣了條這樣大的魚，該不該好好慶祝一番？所以我請客是應該的。再說那些麵包我本來就要送給你們吃；你們雖然給我錢，可是我這麼大的人，能把你們小孩子的錢裝起來嗎？」

他把他們說動了，大家商量的互相看看。

他又把臉轉向排骨笑道：

「你說呢？小老弟，是不是應該我請客？我們做過鄰居啊，你可要幫我講話。」

「你怎麼叫我小老弟呢？陳伯伯。我爸爸在背地談你的時候，也都叫你伯伯呢。」

「不要管怎樣稱呼了，你爸爸是我的朋友，你也是我的朋友。現在這裏的人，大家都是好朋友。你祇要說一句話，應不應該我請客？」

「應該！」

九

十幾個人圍著一張大桌子，每人面前都放著一盤冰。大家一面嘻嘻哈哈的吵鬧，一面津津有味的吃著。看到孩子們那麼開心，陳昌堤便感到十分快慰。

突然大頭站起來，挨次對每個同伴都低聲耳語一番，那些同伴也都高興的點點頭。陳昌堤曉得他們在搞鬼，一時卻不清楚到底是玩什麼把戲。當大頭圍著桌子轉過一圈後，便笑嘻嘻地對陳昌堤說：

「陳伯伯，你明天還來不來釣魚？」

「來呀！」他爽快的回答。

「那你明天不要帶吃的東西。」

「為什麼？」

「我們請你的客。」

「你們請什麼客？你們還是小孩子。」

「小孩子也可以請客啊！雖然我們沒有好東西請你，可是我們是一份敬意，這比吃好的東西重要。」

「既然是一份敬意，我接受你們這份敬意就好了，不必吃東西。」

「我們不管，我們明天一定要請你的客。」大頭拿出殺手鐧威脅道：「陳伯伯，你不是要跟我們做朋友嗎？那就該讓我們請客；不然我們就不跟你做朋友。」

「好好！我讓你們請！」他連忙答應著。

出了那家冰店，陳昌堤還在想。這些孩子明天拿什麼東西請他呢？不過大家湊幾個錢，買點麵包、餅乾、汽水之類帶到海邊去。

但那就夠好了，吃起來就已經夠美味。

他驀然記起在兒女小的時候，他偶爾胃口不好，不想吃東西。可是每當兒子或女兒，把一塊餅乾或別的食物塞到他嘴裏，他就會覺得特別有味道，特別美。於是不但他變得高興了，兒子女兒也會樂得像什麼似的。

看到這些孩子，就像看到兒女當年的影子，那麼他們不論帶給他什麼，都會使他高興，覺得美得不得了。因為他不僅要自己快樂，也要使這群孩子高興的大笑。能看到孩子們的笑，他的世界就無比的充實。

突然他把手裏的魚籃揚了一下，裏面雖祇不過一條魚。可是今天的收穫，卻使他有種滿載而歸的感覺。

作者喬木

一九七九年刊載於台灣新聞報

漩渦漩渦

一

何玉花走出黑熊西餐廳的時候，外面正下著絲一般的綿綿細雨。十一點半鐘的夜，被這半死不活的雨一淋，到處濕膩膩的，街面也被路燈照得泛著一層油光；她那雙半高跟鞋踏到上面，就有點粘粘扯扯不暢快。她遲遲滯滯走著，腳步雖拿得如夢如幻，踐踏出來的水花，仍把她那雙觸目溫暖的小腿，濺得淒淒涼涼的。偏在這時，一輛輛駛過她身邊的街車，像一群出柙猛虎，帶著聲聲尖叫，瘋狂疾馳過去。它上面載了不知有多少歸人，而歸人的心，又都是那麼急切；因為在這種淒涼的夜裡，大家都盼望疾駛的街車，能早一步把他們送回溫暖的窩。

獨有她一人寂寂走著，未向任何一輛街車招手。中山北路繁華入夜後的蒼涼，逐漸沉落成一種黯寂的空洞，當綿綿雨絲灑過那片空寂，她就覺得詩意更加濃郁。可是風雨蕭蕭，她居然還有這種雅致？緣她曾是一個有夢如詩的女孩子，此刻置身斯境，便有一種自我的憐惜。可是當那首詩，驀地碎成一片冰冷的喧嘩時，她也自然而然的想到家。

回家吧！

就這樣回家嗎？

這麼晚回家，總得要有一個理由啊。

她突然在走廊下一根大理石柱旁站住，茫然的抬眼四顧。找什麼理由搪塞呢？她在到黑熊西餐廳之前，根本沒想到這件事，現在急切的想伸手抓，自然抓個兩手空空。可是不論她此際如何徬徨，大理石柱傳給她的感覺竟如此冰冷。她剛離開那個黑熊西餐廳時，外面的霓虹燈，依然燈火輝煌。在耀眼的閃爍中，變成一道急速的河流，在半空打著漩渦流轉；那隻張牙舞爪的黑熊，更轂轆轆的轉動著兩隻貪婪的圓眼，作勢欲撲。她望著望著，就忘記置身何地。像不知不覺陷入那道滾滾漩渦，被那股狂流衝擊得身不由己的在內沉浮，一會被一個接一個的浪濤，擊打得似要窒息；一會又掙扎著浮上來，拚命的往外衝，偏又無力掙脫這個漩渦。因為那隻黑熊，兩眼始終在緊緊的瞪著她，隨時都會撲上來，把她撕個粉碎。

啊！她突然夢醒般從大理石柱上把身體站直，她怎麼會去那種地方？在那個濁浪排空般的大廳，被陣陣喧鬧與聲聲爆炸似的音樂，震撼得幾乎失去自持。因為在她十七歲的年華中，一直是父母的乖女兒，老師的好學生。尤其在父親，時來運轉之後，母親為了把她塑造成一個典型淑女，要她習琴、學畫、練舞；自然功課，更要好得可以考上第一流的大學才成。她就可以成為一個才貌雙全的女孩子，使父母在別人面前感到光彩。

因而她在母親的安排下，一直循規蹈矩的，朝淑女的道路走去。所以咖啡間跟西餐廳，她雖不是沒去過，像這般囂鬧嘈雜的場合，她還是第一次領教。那麼母親千辛萬苦塑造的淑女形象，不就那樣的碎掉了？

不管了！回家吧！在她邁步要走的當兒，突然想起該給陶琪打個電話，探詢一下究竟。

「陶琪，你已經睡了嗎？」她把電話撥通後，等了好久，才聽到對方的聲音。

「已經睡一小覺了。你呢？還沒睡嗎？」

「對不起，打攪你的好夢，我還沒睡。」

「你在做什麼？」

「我還在街頭淋雨。」

「什麼？街頭淋雨是什麼意思？」陶琪沒立即悟出她的意思，那是她根本想不到何玉花這個時候，還會獨自一人彳亍街頭。但她一轉眼間，就會過意來，於是興致勃勃的說：「我曉得了，你是在聽錄音帶對不對？才會這麼晚了，還打電話給我。剛買的新帶子嗎？一定很美了，等你聽完了，借給我聽一下。」她倆都是音樂的愛好者，經常互相交換唱片或錄音帶。

「我是真的在外面淋雨嘛，現在是在中山北路給你打電話。」何玉花見陶琪把她的話誤解到那個程度，禁不住笑起來：「我現在是在聽音樂，風雨交響曲。」

「你現在還在中山北路？跟誰在一起？」

「只我一個人。」她無所謂般淡漠的說。

「你一個人這時候呆在那兒幹什麼？還不趕緊回家？什麼時候了，噯呀！都快十二點了！你發什麼神經啊！玉花。這麼晚了，還不回家？」

「我現在還不想回家。」

「到底怎麼回事？玉花，你有什麼事情？」

「我什麼事情都沒有，只是心裡好悶。」

「那就到我家來好了，我們兩人好好聊聊，你不能這麼晚了，還一個人呆在中山北路，那不是好地方。」陶琪的語氣，急切中帶著一股關切。

「你出來好了，我們可以在這樣詩一般的小雨中，一面散步，一面聊天，一定很有情調。」

「我的老天，你到底在想什麼？三更半夜還要我出去陪你散步？還詩？詩個屁！你要詩，你自己詩去吧！我可沒有那種興趣。到底怎麼回事？玉花，我覺得你一點都不像過去了。像你現在給我打電話，難道就是為了約我出去淋雨？一定不是，一定有別的事情，為什麼不講呢？還有今天晚上的鋼琴課，你怎麼也沒來上？老處女快氣死了，她講什麼，我在這裡告訴你好了，你可別難過呀。她講你就是學上一輩子鋼琴，也學不出什麼名堂來，因為你根本不是一塊學鋼琴的料；又說當初要不是你媽媽，一再求她收你這個學生，她才不會要你跟她學鋼琴哩。結果她教了你六七年，什麼東西也沒學會，把她的招牌都砸了。所以我勸你，還是在鋼琴上多下一點工夫吧，別胡思亂想的，被老處女給看扁了。你也別以為我說這些話是大驚小怪呀，我剛才聽說你一個人還在中山北路，就嚇了一大跳。」

「我從來不關心老處女對我怎樣。」她對陶琪的話，一直在靜靜的聽，她對這位閨中知己的良箴，雖然很感激，卻只能那樣淡淡的回答。

「我是替你抱不平呀，我覺得做老師的，怎麼可以拿了人家的錢，卻不好好教人家，反而在背後說風涼話。再說你既然要學鋼琴，就要好好學嘛。」

「其實老處女說的沒錯。」何玉花低沉的嘆了一聲：「她就是用心教，我也用心學，結果仍是白費氣力；因為她跟我都知道，我沒有鋼琴方面的天賦。」

「怎麼會呢？你不是彈得很好嗎？」

「我說的絕對是實話。」
「那你為什麼要學？」
「你還不了解我？陶琪。」
「好吧！時間太晚了，我們不要再聊下去，等下個禮拜見面再談吧，你該趕緊回家了。」
可是放下電話，她的步子不肯放快。雨驟然大了起來，紛紛的雨絲，在她四周飄著、舞著，結成一層茫茫的灰幕。老處女的影子便在那片茫茫中展顯出來。
然後——
擴大。擴大。

二

「抱歉，何太太，這個學生我不能收。」
「為什麼呢？我是誠心誠意帶孩子來向您求教。」
「說句你不介意的話，何太太，不是我故意不收令嬡這個學生，是我覺得令嬡不適合學習鋼琴。」

那是七年前，何太太帶何玉花到林雙慈教授那兒學習鋼琴時，經過林教授的測試後，對她做的結論。因為這位外號老處女的鋼琴家，在臺北音樂界，確是大大有名，經她調教出來的學生，確有相當成就。蜚聲國際的鋼琴家，也大有人在。因而期期想列入她的門牆的學子，愈來愈多；這也難怪，現代人收入增加了，生活水準提高，對子女的教育，便相對的重視，除了正規教育外，也希望子女能學幾樣才藝，來陶冶身心，精神有所寄託。於是音樂、繪畫、舞蹈、書法、插花等等，便成為家長們提升孩子情操的重要項目；在名師出高徒的心理下，自然人人都希望攀登高人的門牆。偏偏這個老處女，別看他個子小小的，又瘦嶙嶙的渾身都是骨頭，卻冷峻得鐵面無私，一雙又小又圓的眼睛，射出來的光，冷電一般、像能穿透人們的神經末梢，使許多前來求教的學子，被她一看，就過不了關。可是何玉花雖然勉強過了第一關，但在做進一步的測試時，老處女便對她直皺眉頭。

何太太當然不肯就此罷休，她對老處女說：

「這孩子是很聰明的呀，林教授。」

「可是聰明的孩子，不一定適合學習鋼琴。」

「她也長得很漂亮。」

「漂亮與音樂更扯不上關係了。」

「我卻覺得漂亮跟音樂的關係非常密切，你沒見現在的女歌星，個個都長得很漂亮；可見漂亮的女孩子身上，一定有音樂細胞。不然紅歌星裡面，為什麼沒有一個不漂亮的女孩子。」何太太洋洋自得的舉例證明，並對自己有此發現，感到十分得意。

「你既然這樣講，何太太，我就不講別的了，你帶令嫒回去吧，我這裡實在不能收他這個學生。」老處女毫無表情冷冷的說。可是她又像被何太太那席話，弄得憋了一肚子氣，不吐不快似的接著說：「如果你認為你女兒漂亮得有做歌星的音樂細胞，你送她去歌星訓練班，比送到我這裡好得多，將來肯定可以使她成為一個紅歌星。」

何太太的個性是十分強的，一向得理不饒人。照說她一定嚥不下老處女那種冷譏熱嘲，準會針鋒相對的，說一篇難聽的話，然後牽著女兒調頭就走。

可是她忍下了。

還陪著笑臉跟老處女講話。

那是她知道，能使子女攀援上老處女的門牆，是極其光彩的，她現在就需要這種光彩。

「你別誤會呀，林教授，我只是打個譬喻罷了，我怎會把女兒送去做歌星。我知道，像你這種音樂家，才是最偉大的，最受人尊敬的，大家提到你林教授，誰不佩服得五體投地；所以能跟你學鋼琴，也是最光榮的事情。只不知道我這個孩子不適合學鋼琴，是什麼原因？還是有什麼特別條件？只要你肯收她做學生，不論是怎樣的特殊條件，我都會無條件的接受。」

「我的條件只有一個，要有學習鋼琴的天賦。」老處女的話雖說斬釘截鐵。但被何太太一頂頂高帽子戴上，也無法把她那張瘦削的臉，板得又冷又硬。

「那麼玉花沒有學習鋼琴的天賦了？」

「對！」老處女一點頭：「你大概不曉得我這個人的脾氣，何太太。我已經這麼大的年紀了，沒結過婚，也不想結婚了，只希望能得到幾個有鋼琴天賦的學生教教，就會感到高興。所以我才對學生的要求得特別嚴，不合要求標準的，絕對不收；如果合乎標準的，他們給不給我學費，我都不在乎。雖然我的生活清苦，也沒有什麼積蓄，只要能教出幾個好學生，就會感到安慰。」

「那怎麼辦呢？」何太太故意做出一副失望狀，並無奈的感嘆一聲：「你是不曉得呀，林教授，這孩子想跟你學琴，快想得發瘋了，做夢也會夢到跟你學鋼琴。本來我們也知道，想拜你這樣大名鼎鼎的鋼琴家做老師，一定很困難，就勸她跟別人學。可是這丫頭，死也不肯，說臺灣的鋼琴家，她最崇拜的就是你。你說我怎麼辦？差點被她煩死了；但孩子要學鋼琴是好事，她崇拜你這樣偉大的音樂家，也是自然現象，我們總不能攔著她。所以我才帶她來見你，她要是得不到你這位好教授的指導，會遺憾一輩子。不知你能不能破格收留她？如果她不是那種料，將來學不好，也不會怨你老師的。」

當然要何太太說這種話，是極端的委曲。她究竟是一個聰明人，知道在眼前的情勢，只有放低姿態。因為老處女也是一頭小母驢，嗆著毛摸不得。

老處女也是人，人就沒有不喜歡戴高帽子的。

她動容的向何玉花看看說：

「照說能不能破格，原沒有一定標準，可是一個音樂天賦優異的孩子，必須對音樂有良好的感性，節奏反應敏捷，還得音感精確，讀譜快速。如果是一個鋼琴方面的天才，只要手指落到琴鍵上，就會響出一種普通人彈不出來的音調。令嫒在這些方面，可說都不合乎條件，我就是勉強收下她，對她也是一種痛苦。」

何太太是一號見洞就鑽的人物，她怎會聽不出老處女的語氣已經鬆動，她焉肯放過這個難得的空隙。

三

當母親打過第十七通電話時，何玉花見她累得嗓子都啞了，連忙倒了一杯熱茶送到電話旁邊的茶几上。可是何太太那裡有工夫停下來喝口茶，只一手興奮的撥著電話號碼，一手拿起杯子往嘴上送去。

「噢！死丫頭！茶這麼熱，也不給我沖涼……」

可是她對女兒的話還沒講完，撥出去的電話已通，便趕緊掐了這邊，轉向那邊大聲吼道：

「馬太太嗎？我是玉花的媽媽。我告訴你一個消息呀，我們玉花被林雙慈教授看出來有音樂天才，要親自教她鋼琴，你說這是不是從天上掉下來的光榮？因為林教授的脾氣，大家都知道，她的琴藝在中國也是第一流的，多少有音樂天才的孩子，在別的音樂家眼裡像寶一樣；被她一看，狗屎都不如。像今天，去請她教鋼琴的人，排得長龍一般，少說也有兩三千人，她一個也沒看上眼。那知她一見我們玉花，就老遠跑過來，不住口的驚奇說道：「奇才！奇才！她從來沒見過……」

何玉花一份好意，反被母親搶白一頓，心裡氣的不得了，本想不再理她。但她究竟是一個性格溫順的女孩子，氣了一會，還是把那杯熱茶拿掉，幫她去換杯冰水。所以對母親下面說些什麼話，就沒有聽到。

其實她根本用不著聽下去，就可以把母親那篇話，背得滾瓜爛熟。那是母親帶她從老處女那兒回家後，連口氣都沒喘，就迫不及待的拿起電話，向什麼王阿姨、李媽媽、陳大姑、張嬸嬸……，把老處女收她做學生的消息，添油加醋的播出去；好像老處女為了想得到她這個有音樂天才的好學生，曾磕頭作揖求過她母親。於是她才忍不住的給母親倒了那杯茶，那是她一面見母親吼得嗓子啞里巴唧的，還要直著喉嚨叫；一面是見她撒謊撒得太離譜，使她都感到肉麻兮兮，便想給她一杯茶試試看；也許她渴極了，在喝著茶的時候，就會停止那種世界性的廣播。

不過她對母親那種行為，雖不以為然，內心並充滿反感，但對她的心態卻能夠理解。緣他們過去居住那個環境，是十分的奇特，大家雖都在同一個單位做事，職位跟待遇也沒有太大差別，可是有錢的人家，卻太有錢；沒有錢的人家，生活也太苦。那是那時公司的待遇不高，薪給所得，僅夠維持溫飽而已；只是有辦法的人家，不但生活得很優裕，且有餘資供子女學東學西。因而那些同事的太太們，聚到一起的時候，一個個都誇耀他們的孩子如何有出息，張家的兒子小提琴拉得多麼棒，林家的女兒鋼琴演奏時，得過怎樣熱烈的掌聲，李家的小寶繪畫得過什麼獎。只有她母親在別人興高采烈談論時，在一旁直憋氣，插不上口。那是他們實在沒有餘力，可以把女兒送出去學幾種使他們夫妻風光的東西。

偏她又是一個爭強好勝的女人，不甘心被別人壓扁了，千方百計幫她男人改變命運。因而在那年一月份，她父親就從又忙又累的文書課，調到大家都眼紅的採購課，他們的家庭才跟著時來運轉。那是她父親服務的那個公司，是全國數得出來幾個大公司之一，每年的營業額，都有數十億新臺幣，有進才有出，那麼每年購料的費用，也有二三十億；她父親主管採購的項目，又是一個大項目。

於是她父親從那時候起，就整天忙著交際應酬，忙著出國採購。而出入他們大門的，也多的是什麼董事長，總經理，手上並提著大包小包，往他們家裡送，不收都不成。所謂「運氣來了，山都擋不住」這句話，真是一點不假。譬喻說楊董事長送的禮物，明明是一盒橘子，可是打開盒子看看，就「怪事年年有，沒有今年多」，橘子竟能生金蛋。還有朱總經理送的那一大盒豬肉乾，她跟弟弟一見就曉得這次準能吃個夠。那知揭開面上那一大張豬肉乾，兩人便失望的傻眼了；因為它下面，變成一大疊全部千元大鈔，他們總不能吃鈔票呀。倒是她母親沉得住氣，見他們姐弟那副饞相，一個電話打到新西陽，馬上就有兩大盒豬肉乾，到了他倆的手上，要他們一人捧著一盒吃；別再像過去，為了一個豬肉乾，就吵得臉紅脖子粗。並且在付錢的時候，母親也不管那些大鈔是不是人家放錯了，輕輕鬆鬆隨手抽出兩張來，塞給送貨員，連零都不要對方找，把那個送貨員感激的，一直對母親哈腰鞠躬。

他們也從公司的宿舍裡搬出來，住進一幢漂亮的大廈。絕的是——在建築公司交屋的那天，他們全家去看新屋如何裝修時，進門一看，哇！呀呀呸！像京戲裡張飛那樣天不怕地不怕的猛將，都會嚇得連退好幾步；因為裡面漂亮得竟然像皇宮，所有的家具跟電器用品，都是高級的舶來品。並有好幾樣東西，都重複了再重複，像錄放影機，總共有三臺；彩色電視機，送到的就有六臺，還有三臺的取貨單。另外沒送到的沙發組、房間組、高級家具，都把已經付清貨款的單據，壓在客廳的茶几上；只要一個電話，馬上便送到。

這一來把父親也弄得一頭霧水，連忙問母親：

「這怎麼回事？我們買房子，別人怎麼曉得的？」

「曉得了還不好嗎？」她母親站在客廳中間，得意的滿面春風般，對四周指指點點說。

「曉得了當然好，本來我打算，原先不聲張，等搬進來以後，再印上幾百張帖子，好好請一次客。」

「這樣跟請客也沒什麼兩樣嘛。我就告訴你好了，他們怎麼曉得的。是上個月，東華的林廠長來我們家，在聊天的時候，談到我們花了五百多萬在仁愛路三段買了一間大廈，問他貴不貴。他便一再對我說，在建築公司交屋的時候，務必通知他一聲，人家既然講的那樣懇切，我也不好意思辜負人家的好意，所以建築公司通知交屋日期後，我就老老實實給他打個電話。」

「別人呢？他們怎麼曉得了？」

「你這個人怎麼那樣死腦筋，連個彎都轉不過來。你想我既然給林廠長打了電話，還會不通知別人嗎？」

「我知道你最能幹不過了，這種事情，一點都不用我操心。」她父親笑嘻嘻的在母親肩上拍一下。

她母親經父親這一拍，臉上就更得意，顧盼生恣的對父親說：「你看現在不是很好嗎？要是我們自己來裝潢，再購置這樣多的高級家具，跟全部電器設備，那要多少錢？恐怕一百萬塊錢都下不來。」

「少說也得三百萬。」
「要那樣貴呀？」
「不用說別的，光這套沙發，起碼就值四十萬。我們那張床，也得二十好幾萬。還有這套音響，更不得了，少了五六十萬，談都不要談。」

四

「嗨！何兄！我就知道你們夫妻今天在這裡，所以特地趕來看你們。」突然一個聲音在外面響起來，人也隨著出現了。何玉花認出這個人，是那幾個月前，跑她家跑得最勤的黃經理，只見他跟她父親打過招呼後，又轉身向後招呼道：「抬進來！抬進來，讓主人欣賞欣賞看。」
一架烏漆閃亮的大鋼琴，便出現在房屋的大門口。
她父親正打著招呼，要跟黃經理客套幾句時。還沒等他把話說出口，只聽後面又是一聲吼：
「老黃！老黃！你這是幹什麼？」
「哦！老李！你也來了。」黃經理也跟來人認識。

可是李先生在黃經理身前站住腳，腰一挺，臉一板，側頭望著黃經理說：「喂！老兄！你搞什麼鬼？你怎麼也送鋼琴來了？鋼琴該是我送的。我昨天才打電話向建築公司問過，這兒還缺什麼，他們告訴我，可能什麼都不缺，也許只缺一架鋼琴。我才特地給何兄訂一架；你怎麼可以搶先送一架來，不是跟我過不去嗎？」

「喂！李兄，你怎麼說這種話。」黃經理一聽詫異的笑道：「何兄買房子是喜事，大家送禮嘛，你送你的，我送我的，誰也礙不著誰。」

「可是鋼琴原是我準備送的，你搶先送了，叫我送什麼，還有臉說不礙我哩。」李先生往前湊了一步，指著老黃的鼻子說。

「你講不講理嘛，李兄。」黃經理也火了。

「是我不講理，還是你不講理。」

在那種情形下，她父親自然不能讓那兩頭牛觸角，連忙把李先生拉到房間裡，由她母親陪著講話。待黃經理指揮著送貨人員把鋼琴安置妥當，一齊離開後，李先生便從房間走出來，萬分遺憾的張著兩手，抖動著對父親說：

「老何，真對不起，本來我在聽到你買房子的消息以後，因為你幫我那樣多忙，打算好好謝謝你。原先我是這樣想，你不是還欠建築公司二三十萬尾款嗎？替你繳掉就算了；那知我打電話向建築公司一問，已經有人幫你們繳掉了；他們便提議我送你一架鋼琴，因為別的東西，你們什麼都不缺。我想也對呀，看你這位大小姐，長得像一位小公主，長大了一定漂亮得像天仙；那麼學學鋼琴音樂什麼的，才能把她那種淑女名媛的身分，陪襯得更高貴。所以我才跟一個貿易公司講，要他們從奧地利給我進口一架好一點的鋼琴，沒想到老黃竟先送來了，你說我怎麼會不氣？」

「你的好意我心領就好了，李兄。」她父親只有客氣的說：「大家都是好朋友，只要我能幫上的忙，一定還會幫。至於一架鋼琴，誰送都是一樣。」

「是呀！」她母親馬上接口道：「一架鋼琴有什麼好爭的，這年頭比鋼琴好的東西，太多了。」

「對對對！到底是嫂夫人聰明，心眼靈活。我怎麼那樣死心眼，鑽到牛角尖裡，便出不來了。」李先生說著就向她一招手：「來來來！小妹，過來讓李伯伯看看，該送你一件什麼禮物，才能使你這個小公主，顯得更漂亮。」

偏她被李先生這一講，反而忸怩著不好意思過去了。

可是她母親猛一把，就把她推到李先生面前。

「嗳！」李先生拉著她的手，挺起腰來一側顧，又向她臉上一端詳：「對！錶！一只高貴的名錶才配，你們這裡的電話裝好了嗎？我馬上就打電話。」

「也是朋友們送的呢！」她母親緊接著說。

「在那裡？」

「那個角角不是嗎？」

「準不了鐘錶公司送的嗎？」李先生一拿起電話，馬上撥通了：「我是蒼龍企業的李老闆，你們公司有沒有高級鑲鑽的女金錶？噢！噢！噢噢噢！價錢沒有關係，我跟你們總經理是老朋友，等我跟他談，只要你們有就好。現在馬上派人給我送到仁愛路三段一二三四巷，六七八號，天狼大廈第二十二樓H室，我在這裡等。」

送禮的人自然不只這麼多。更有許多人，雖然拎著豬頭，廟門也找到了？但人家不准進廟門，只有徒呼負負。她母親當然遂了爭強好勝的心願，要把她這個寶貝女兒調理得，壓過任何人。看那般人在她面前，還有什麼好神氣。所以何玉花被迫學習舞蹈、繪畫；現在又拜在老處女門下學鋼琴，難怪她要把消息，宣揚得滿天飛。

她替母親把那杯熱茶，換成一杯橘子汁。再送回去的時候，母親的談話對象，又換了一個人。

五

老處女的眼睛沒有錯，何玉花絲毫沒有學鋼琴的天賦。她雖整整學了七年琴，並沒有曠過一次課，偷過一次懶，老處女花在她身上的精神，也比別人超過一倍。可是她仍沒有辦法，使那些琴鍵在她手下馴服；而像一些故意跟她搗蛋的調皮小精靈，在別人手下，會規規矩矩發出正常的聲音，一到了她手下，就變得不聽指揮。使在一旁的老處女，聽了禁不住直搖頭。有好幾次背地勸她說：

「你不要再學了，何玉花。」

「可是我媽媽一定要我學。」她說的是實話，她家那架大鋼琴，成為她經常演奏給母親或親友們欣賞的工具。雖然她的琴聲在老處女的耳朵裡，蹩腳的要命；但在親友們的面前，卻每次都會獲得熱烈掌聲。然而那些掌聲越熱烈，她心理上的壓力，也就越沉重。

「我跟你說實話，你學多久都沒有用。」

「那我怎麼辦？」她徬徨而悽惶的望著老處女。

「你可以回家好好跟你媽媽講，說你不適合學鋼琴，對你很痛苦。我想你媽媽也不會過分勉強你。」

「我不敢跟媽媽那樣講，我媽媽會罵死我。」

「你這樣痛苦下去，也不是一個辦法。」

「那老師給我媽媽打個電話好了。你如果堅決不教我這個笨學生了，她總不能強迫你教啊。」

「我給你媽媽打電話？不成！不成！」老處女像被毒蛇咬了一口似的連連搖手：「你媽媽那張嘴巴，我受不了。那你就在這裡學吧，我也盡我的力量教你；你能不能學出一點名堂，就看你的造化了。」

何以老處女聽到何玉花要她給她母親打電話，會那般緊張，是她竟也吃到了貪心的苦頭。本來教鋼琴這樁藝業，在臺灣目前的情況，是一樁名利雙收的行業，加之她的名氣大，造詣高，不愁沒有肯花錢的冤大頭；如果想賺錢，一定會賺得莫栳栳的多。偏她由於沒有結婚，人生改變，便把金錢視做身外之物，教琴的目的，既不為名，又不圖利，只希望得天下英才而育之。因而只要是音樂資賦優異的兒童，即使繳不起學費，她也照樣收。多少年下來，她原有的一點積蓄，就那樣貼貼的貼光了。於是她雖是名教授，那個上課的音樂教室，卻簡陋得破破爛爛；尤其教學用的四架鋼琴，也由於年代久遠，弄得外表斑斑剝剝像個麻子臉。

以何太太的精明，與對貧富差異的敏感，一進入老處女的音樂教室，自然會發現這種現象。當老處女死也不肯接受何玉花這個學生時候，她便施展一記絕招，表示老處女如果收這個學生，她願意捐出一筆錢，幫助老處女改善教學環境，另外送她兩架鋼琴，做為教學用。俗話說得好——人要臉，樹要皮，老處女再怎樣淡泊名利，把個音樂教室弄得那般寒酸，面子上總是不好看。雖然她早就希望能有個優雅的教學環境，幾架像樣子的鋼琴，提高學生們的學習興趣，無奈無錢難辦事，那個希望只有擱在那兒。現在何太太既提出這個條件，儘管她也知道，這個條件也不是好受的，想把一隻只會聒聒叫的烏鴉，調理成一隻鳴聲婉轉的百靈鳥，根本不可能。但衡諸利害得失，她還是痛苦的接受了，以致如今變成啞巴吃黃連，有苦說不出。

照說老處女要是可以馬虎一點，何玉花也不是不能過關，因為她的鋼琴不論彈得好不好，總是學了六七個年頭，指法跟技巧，摸也摸熟了，也可以流暢的彈出幾個曲子，唬唬何太太那樣的外行，照樣把她們唬得一楞一楞的。那麼她為了宣揚她女兒鋼琴上的偉大成就，會連帶著把她這位偉大琴師捧上天。

偏偏她是一個死心眼，對那種一舉兩得的事，都不肯妥協，始終本著寧缺毋濫的原則，做極嚴的管控；經由她指導的學生，一定要求品質優異，否則便不放他們過關。並且他們為了向社會各界展示教學成果，每年都要定期舉辦一場音樂演奏會。這對班上的學生跟他們家長來說，是極重要的大事，大家都希望能在演奏會上出出鋒頭。因而每逢這時候，何太太就會跟老處女鬧個不愉快；那是何太太從她女兒開始習琴那天起，一直希望她能在演奏會中，壓倒所有演奏的人；那時她就有得講了，可以像一隻金孔雀，把那個尾巴囂張得五彩繽紛。可是老處女每次列出演奏人員名單，偏就沒有她寶貝女兒，她怎麼會不氣，怎麼會不找老處女理論。像今年的演奏會消息剛傳出時，何太太馬上就來問參加演奏的人員。

「這次演奏會的名單，怎麼又沒有玉花的名字？」

「我記得已經跟你講過好幾次了，何太太，玉花離上場演奏的程度，還有相當一段距離。並且這種距離是天生的。不是我們想改變就改變得了的。」

老處女一聽何太太的話，就有點不耐煩。她知道她這一來，總有一大段講詞。所以一聽到她開口，就打心底泛起股反感。

「我可跟你說呀，林老師，我們可對你不薄，你可不要以為我們好欺負，就吃定我們了。你說吧！林老師，我們那一點對不起你？學費從來沒少過你一個子，又捐錢給你整修音樂教室，還送你兩架鋼琴做教學用；不信你可以打著燈籠找找看，世界上有沒有像我們這樣好的人。那你就該好好教教我們玉花才是呀，那知你不但不好好教她，反把她教得比別人差，連演奏會都不讓她上場；你說你做的，是不是太過分？所以我不是說你呀，林老師，我們人做事情，一定要對得起良心；你不能讓我們把那樣多的錢，像丟到水裡一樣，連個響聲都聽不到。這次你一定得把我們玉花列進演奏人員名單；不然我們那個錢，不是白花了？」

「我也跟你說，何太太。」老處女氣得反唇相譏：「我當初就跟你說過，玉花不適合學鋼琴，你不信，有什麼法子？你以為學鋼琴就那樣簡單哪。」

「可是見過玉花的人，沒人不說她聰明。」

「聰明的人，不一定就適合學音樂，也許他在繪畫方面有天才，也許他在數學方面有天賦，或是在文學方面非常資優。這要看每一個人的聰明方向來決定。」

「既然她沒有音樂天才，你當初就不該收啊。」

「我不收行嗎？你非逼著我收不可。」

「我逼著你收，你就會收嗎？」老處女一句話沒經過思考，被何太太逮著小辮子。

「我當初對你說過多少句好話，你肯點頭嗎？你東一句玉花太笨，西一句玉花沒有音樂天才，死也不肯答應。後來怎麼收了，還不是看在錢的分上。其實呀，林老師，人哪！什麼清高哇，耿介哇，全是假的，只是自己在那裡撇清，我還沒見過一個人，會不見錢眼開，就拿我們玉花來說吧：難道我們沒捐錢以前，就不聰明了？捐了錢以後，就聰明了？天理良心啊。所以你這次一定要把玉花列上演奏人員名單，不然我們就找人評評理，我女兒跟你學了那麼久鋼琴，你還不讓她上場，到底對不對？」

「你不論怎樣講都可以，何太太，就是我列好的名單，絕不能更動。」老處女雖氣的不得了，卻懶得跟何太太辯下去，但仍堅持既定的原則。

「你不列就算了，我自己列總成吧，看誰敢再把她剔掉。」何太太說著便把演奏人名單拿過去，用筆在上面飛快的寫出何玉花的名字。

老處女只無言的靜靜看著，她威脅不到她，她照樣要把她劃掉，她不能讓這個蹩腳學生，砸她的招牌。

六

回家吧！

回家吧！

她口裡喊儘管喊，步子卻拿得沒一點勁，也沒有勇氣去招街頭疾駛的計程車；是她對這麼晚了才回家，始終找不到一個適當的理由，向母親解釋。

可是她對今晚翹掉老處女的鋼琴課，跑到黑熊消磨那樣久，心頭既有一種罪惡感，也有一種犯罪後的暢快。而她所以會那樣做，是被母親的幾句話刺的；那是母親今天看到演奏會的節目單上，仍然沒有她的名字，就知道老處女還是把她剔掉了，一團怒火便向她潑過來。

「你呀！玉花！把媽媽氣都氣死了。你學了六七年鋼琴，學會點什麼？屁呀！什麼都沒學會，只學會吃喝玩樂，糟蹋媽媽的錢。你以為媽媽的錢來得容易啊？就一點不心痛？我是那前世作的孽，生了你這樣一個沒有出息的女兒，把媽媽的人都丟光了。」

「可是我當初不要學鋼琴，你非逼著我學不可。」雖然何玉花一向不敢開口頂撞母親，但在氣極的情況，也管不了那樣多：「現在學不好，又怨我了。」

「你還講！你還講！你還有臉講！」何太太用手指戳著女兒的額頭吼道，接著把節目單往她面前一放，一面點著一面喊：「你看看哪！你看看哪！上面這些演奏的人……有幾個還是你的學妹呢，人家怎麼就學得好？你就那樣不中用？不知你那個臉往那裡放？像牛一樣，牛也不會像你那樣笨。要是我，還不如一頭撞死的好。」

何玉花嘟著嘴不答腔了。

她曉得對付母親最好的辦法，就是忍著不開口，讓她叫她的。過不了多久，她也沒勁了。

要是你也跟她對著吼，她的勁兒就更大；那就永遠沒個完，非把別人吼得服服貼貼方休。

何太太既無法逼著啞巴開口，只有轉移目標。

「還有你那個鋼琴老師，也不是什麼好東西。還名教授，名個屁！狗屁都不如！她會什麼？只會厚著臉皮向人家要錢，連個學生都教不好；也不知她那個名教授的名，是怎樣來的？還不是騙來的。你今天去上課的時候，就去跟她講，就說我講的：她要是在節目單上把你的名字列上，重印倒罷了，印刷費我都可以幫她出。否則的話，我過幾天就請幾位有名的音樂家，也把她請來，讓你演奏幾個曲子給他們看看，看那一個音樂家，敢不連聲的叫好。到了那時候，我就要指著鼻子問她，她到底懂不懂音樂，還在那裡充內行，看她把臉往那裡放？」

「媽媽！」她不想講話，也忍不住要開口。

「住嘴！不准你講話，媽媽的脾氣你不是不知道，說得到就做得到，一切還不是為你好。」

怎奈她出門後，心頭茫茫然，剛才被母親數落得那一口氣，壓得她好悶哪，彷彿氣都喘不過來似的。

她突然對那堂鋼琴課，無比的厭憎起來，能夠躲開就好了。因為她不僅無法把母親交代她的話，去向林老師轉達；同時在開演奏會的前夕，所有參加演奏的同學，都興致勃勃在練習她們所演奏的曲子，把幾架鋼琴全佔住。林老師也為了這場只許成功不許失敗的演奏會，把全副精神都放在那幾個人身上。她去幹什麼？去看人家那份興高采烈的得意？還是去幫人家跑腿打雜？那份工作，如果是在她剛入學的時候，是極有趣的，覺得在學姊們演奏當兒，給她們做任何服務，都是一種光彩，有一份參與感。現在她難道還像一個小學妹似的，見那些神氣的演奏者，某一位累了，連忙給她搬椅子？某一位渴了，連忙給她倒茶？

當然這些事情，她也不是做不來；如果她也曾經是一個演奏者，她心頭就會坦然的接受，反之她便會感到怪怪的。那種失意與落寞與沉積在心頭的悲哀，究竟是一種什麼味道，只有天知道。

她在應該下車的那一站，沒有下車，直到公車把她載到中山北路時，才想起應該下車了。可是到那兒好呢？她一跨出公車的車門，就四顧茫茫了。

她看到一隻熊頭在半空中竄躍，圍著那隻張牙舞爪黑熊的，是一圈由無數燈泡組成的激流。

她望著望著那條激流，便不知不覺被捲入那個漩渦裡。

她感情在激盪。

心在吶喊。

她雖對那種激盪感到恐懼。

但又覺得需要那種刺激。

她朝那道激流走了過去，到跟前時，才發現它是在一條極幽暗的巷內。她曾聽人說過，在中山北路那些狹窄幽暗巷弄裡的咖啡間跟餐廳，最藏污納垢不過。她在它那燈火輝煌的門前站住了，不敢去踏它的樓梯。

「上去啊！」突然有聲音在她耳畔響起。

她還以為那聲音是對她而發的，抬頭看看，竟是一對十分親暱的少年男女，接著又是一對……。

「上去啊！上去啊！」那聲音在她心頭響起來。

她在那聲音中得到鼓勵，踏著樓梯向上邁步了。

她在那裡整整坐了三個鐘頭，一時壓在身上那些沉重的壓力，全部飛得無影無蹤。

一個陌生的男孩曾毫無恐懼的問她，願不願意讓他幫她付那杯咖啡的賬，她沒有理他。可是當她要走的時候，他又跑過來，熱情得像一個老朋友似的，希望她再去。

她依然不理他，匆匆的向外走去。

他卻信心十足的，迎著她笑道：

「我相信，一定會再在這裡見到你，我知道一個到過這兒的女孩子，是不會再把那種煩死人的功課放在心上；他們的心，會時時刻刻飛到這兒的。」

現在她在想：她真會再來嗎？

她用力搖搖頭，她有這次經驗就夠了。

驀地她又回頭向那頭黑熊望去。

那條激流旋轉得好急呀。

她覺得，她已經無力走出那個漩渦。

七

「好！」

「好！」

「彈得太棒了！」

「旋律好美啊！」

當何玉花的手指從最後那個琴鍵上收回來，緩緩站起身，向坐在客廳的來賓優雅一鞠躬時，一陣雷也似的掌聲，便熱烈的響起來，接著就是此起彼落爭相捧場的讚美。那是有代價的，女主人已經為不同程度的讚美，訂出不同的價碼。人！誰不希望獲得高等級的報酬。

她只有再向來賓們鞠躬答謝，臉上也不由己的，綻出嬌媚的笑容。因為那些讚美，不論是真是假，總是對她的琴藝而發，便能滿足一個少女的虛榮心理。但她在向下彎腰時，曾偷偷向坐在沙發上的林雙慈教授溜一眼，只見她雖也跟著別人鼓了幾下掌，可是板著的一張臉，鐵青得像一片死肉，嘴巴也閉得緊緊的。她今天所以會到何家來，是由於何太太打電話給她，一方面請她吃晚飯，一方面希望大家在一起，研究一下何玉花的問題，她便毫不考慮的答應了。那幾年這個缺乏音樂天才的學生，帶給她的困擾太多了，一直無法解決；現在她的家長能主動出面找她研究這個問題，她自然求之不得。

她沒想到這個聚會竟有那樣多人，很多都是音樂界知名之士，也有幾位職業琴師。待吃過晚飯後，何太太便提議讓何玉花演奏幾支曲子，請那些音樂名家評賞評賞，看她的琴藝已經到了何種地步。

這等事無可厚非，她也同別人鼓起掌來。

於是何玉花出場演奏了，她穿著一襲白色曳地的晚禮服，白色高跟鞋，項間掛著一串短項鍊，腮幫子兩邊，是副翠瑩瑩的綠耳環。梢端燙得微鬈的短髮，每一根髮絲都梳理很服貼，卻又在兩鬢梳出幾綹輕俏的尖辮；把那張原本白皙嫩潤的臉蛋兒，襯映得肌澤晶滑。這情景看在老處女眼裡，禁不住興起極大感觸，照說何玉花的模樣兒、性格兒、腦筋兒，都是一等一的，又生在一個環境富裕的家庭裡，就應該快樂得像個小天使才是。偏她母親還不知足，硬要她去學她沒有天賦的鋼琴；以致把這個快樂的小天使，壓得臉上總是罩著一片憂鬱。可見造化弄人，祂永遠不會把一個人，創造得十全十美；那麼人要想十全十美，不僅不可能，且是一種愚蠢。

在那陣瘋狂式的捧場稍微靜了一點後，何太太便向那些音樂名家，一個一個發問了：

「李教授，玉花彈得還好吧？」

「好！好極了！」

「張大師，你的看法呢？」

「叫我怎麼說呢？我說什麼才好呢？我只能說令嬡在音樂上的成就，太不平凡了。」

「還是你講好了，王主任。你們不能光說好的呀，也要批評批評呀。玉花的年紀還小，你們不能寵壞她，有什麼缺點就給她指出來，有批評才有進步哇。」

「我那裡敢批評這樣好的演奏，我說的只是評；而評也只有一個字好說，棒！」

「謝謝！謝謝！謝謝諸位的誇獎。現在輪到你了，林教授，你也談談玉花演奏的好壞吧，知徒莫若師，你對她的了解，比別的大師都深哩。」何太太把所有來賓問過一遍後，又笑盈盈的走到老處女面前。

「很好，非常好。」老處女自然不能煞風景。

「那她可以參加今年的演奏會演出了？」

「令嬡今晚的演奏，跟這次的演奏會是兩回事情，何太太。」老處女像被針刺了一下似的：「演奏會所有的演奏人員，都已經定了，無法更動的。」

「能不能更動，還不是你林教授一句話。」何太太冷笑一聲：「你要換掉誰，別人還敢不同意嗎？」

「那件事情我們回頭再研究好嗎？何太太。對不起，我今晚另外還有一件重要的事情，先走一步了。」老處女說著便站起來，迫不及待的向外走去。

「哼！」何太太對著老處女的背影，嗤之以鼻。

何玉花見老處女氣呼呼的走出門去，就曉得母親今晚設計這個圈套，對她打擊很大，心頭大是不忍，急忙偷偷追了出去。可是老處女出門之後，走得很快，她喘吁吁的追了大半天，才算把她追到。

「老師。」她從後面拉住老處女的手臂。

「你怎麼出來了。」老處女十分意外的回頭看看她：「家裡有客人，你不在家裡招呼客人？」

「你生氣了？老師。」她往老處女身上一偎。雖然她在老師的心目中，一直是一個缺乏音樂天才的笨學生，累的她不知付出多少心血和精神。但六七年的師生感情，雙方都會不自覺的，表示出一份深厚關懷。

「我沒有氣，這種事情不值得氣。」老處女長長吐了一口氣說：「我是覺得我實在太愚蠢，老是落在人家做好的圈套裡。好了；那些不談了，你媽媽今天跟我談過，要送你到維也納去讀書，是不是有這麼回事？」

「有！可是我不想去。」

「為什麼不想去呢？我勸你去。」

「像我對音樂那樣笨，去維也納又有什麼用？」

「我認為你還是去好，那不但可以使你母親的虛榮心，得到滿足；也可以使你得到解脫，選擇一條適合自己的路走。比這樣痛苦的拖下去，要好得多。」

「老師的話我更不明白了。」

「自己花點腦筋去想想，你是一個聰明女孩。」

老處女說完就走了，何玉花由於急切要解開老處女留給她那個結，便沒理會她的走開。她很快就明白過來老處女的意思，那是她可以打著去維也納學音樂的旗幟，堂之皇之脫離母親的勢力範圍；到了維也納，學不學音樂就是她的自由了。她如果能選擇自己有興趣的東西學，不就等於從痛苦的音樂中，解脫出來。

至於母親，只要她去了維也納，她就可以堂而皇之對別人宣揚，她女兒如何如何有音樂天才，如何如何得到維也納什麼藝術學院的獎學金。然後再過一段時間，她就可以發表她女兒的學習進度，如何如何超前，參加過什麼國際音樂大賽，得過什麼大獎，在國際音樂界紅到什麼程度。實際是真是假，也沒人有那種閒工夫，查證這種不關己身痛癢的事情。其實就算有人願意查證，也是白費心力；因為她既然能夠發佈這種消息，在國內的新聞界跟音樂界，一定會有很多人，隨聲附和的幫她講話。

為什麼！

她有錢！

於是她的頭，在別人面前昂得更高。

難道這就是現代父母的心態嗎？

也許是的，誰不希望自己的兒女成龍成鳳？

她卻希望它能像一陣風，很快就過去了。

不然將有多少子女，在父母的虛榮心中痛苦掙扎。

可是會嗎？

她覺得它被社會富庶得，颳得愈來愈烈。

她又想到那隻黑熊。

又想到那個急轉的漩渦。

她該再去那裡看看才是。

作者喬木

一九八三年十一月十八日刊載於青年戰士報

洪流

傍晚時分，天變得陰陰的。看到這種陰沉天色，就像看到阿財那個悒悒神態，想要去看看他。可是我知道，他這時候一定不在家。並且我也不願直接到他家裡去找他，便從他們的養狗場旁邊一條小徑拐彎穿過去。養狗場上的景象仍然很熱鬧，裡面的狗像又多了許多。

我所以要拐這個彎，是怕碰到阿昌伯，他會攔住我大談狗經。但我對他們的大狗小狗，卻絲毫都不關心。他們做狗生意，小狗當然生得越多越好，才會財源廣進。倒是他告訴我，那頭北京狗又要生小狗的事，使我一直念念不忘。如今一個禮拜過去，不知生下來沒有？因為我曉得那隻北京狗，是他們養狗場裡的招牌狗。牠過去生育的小狗，有兩隻先後得過全台犬賽的冠軍。阿昌伯便把得來的那些獎牌跟獎狀，裝潢得金碧輝煌，陳列在台北門市部。這隻狗小姐因而也聲名大噪。在養狗界，祇要提起「吉吉」這個名字，無人不知，無人不曉；如同電影紅星般響徹雲霄。偏偏牠又有一副彈性極佳的好肚皮，每次懷胎，都是三四頭。像生黃金似的，給阿昌伯帶來大把鈔票。難怪阿昌伯談到吉吉時，便興奮得眉飛色揚。

我在四美遊樂場找到廖進財，那是設在街尾一所公寓的樓下，裡面有吃角子老虎跟其他玩具。我到達時，他正在按吃角子老虎的按鈕，祇聽嘩啦一聲，一大堆零錁子從老虎嘴裡劈里啪啦滾出來。

我過去望著凹槽裡那堆錁子說：

「你的運氣真好，阿財。贏了這麼多。」

「幹他娘的，吃了我五百多塊，才下來這幾個。」阿財把刁在嘴上的香煙取下來，用手指猛一彈。他身上那件大紅絨茄克，閃出一層豔豔的光。

「我找你好久啊，阿財。還以為你在補習班呢？阿昌伯不是不准你到這裡玩嗎？你該好好補習才是。」

「他憑什麼管我，他越不准我到這裡來，我就偏要來玩。」他忿忿的把煙屁股朝地上一甩，用腳踩了踩，轉身抓起了一大把錁子，往機器裡塞。

我知道我又戳到他的痛處。前年他為了沒考取高中，傷心了好久。便連忙改口說：

「聽說吉吉又要生小狗了？」

「已經生了，四個。」

「牠又生那麼多？」

「我阿爹還嫌少呢。」

「我還沒見到呢。」我祇是順口說，根本不想看。

「有什麼好看的，還不是跟過去的一樣。」連著被老虎吃掉十幾個錁子，他氣乎乎的轉回頭：「你到我家裡玩好了，看看我買的那架鋼琴。」

「鋼琴？你買鋼琴幹什麼？」

「彈哪！」他似笑非笑的一昂頭。

「你會彈鋼琴啊？」我清楚阿財跟我一樣，對音樂完全低能，身上沒有一點音樂的節奏感。

「不會彈就不能彈了？阿爹準備請老師教我彈。」一團火燄掠過他臉上，片刻又化做滿臉悲憤：「阿爹說像我們這樣的家庭，家裡沒有一架鋼琴，是不光彩的。他本來要我姐姐彈，我姐姐不聽他那一套，只有來壓我。」他又把十幾個錁子塞進機器裡，老虎的嘴巴硬是不張。

「那架鋼琴很貴吧？」我關心的問。我雖不能理解阿昌伯為什麼對鋼琴那麼重視，卻覺得一定有他的道理。也許像他們那種有錢的人家，家裡有一架鋼琴，比我們家裡有一個煮飯的電鍋更重要。

「才五十二萬。」
「那樣貴啊？」我嚇了一跳。
「他還要買更好的呢，可是人家沒有貨。」
「你們真有錢，阿財。」
「還不是發的狗財。」

二

阿財說的是實話，他家這幾年確實發了狗財。才開了這個養狗場，在台北設了門市部，雇了十幾個男女職員給狗服務。並在緊鄰著養狗場的彎月溪旁，修建一幢二層樓的花園洋房，屋裡全是豪華的設備。使養狗場的綠地跟花園的草坪連在一起，成為一片大莊院。阿昌伯當然也有了名貴的小轎車。但最拉風的，還是阿財的姐姐廖春花，整天打扮得花枝招展。懷裡一邊是雪白的北京狗，一邊是威風凜凜的大狼狗。她經常把汽車開得像風一樣快，大狼狗並把頭伸到窗外，一路不停的汪汪叫。

也不能怪阿花姐過分新穎，事實他們這份家業，完全是從她手上得來的。本來在七八年以前，阿昌伯家跟我家還是鄰居，都住在彎月溪上面的山坡上，住著同樣低低趴趴的紅磚房。阿花姐也跟我姐姐同樣在小學畢業後，就沒再升學，一道在鎮上那家紡織廠裡當女工。每月賺的工錢，連一件新衣服都捨不得買，全部老老實實帶回家。後來阿花姐到台北住了一陣子，不曉得從那裡學了幾句洋涇濱，經人介紹到一個洋人家裡帶小孩。沒多久洋人回國了，把一隻大了肚子的北京狗送給她，也就是吉吉。才使阿昌伯家裡的財運，一下子亨通起來。

據說狗一胎最多生四個小狗，可是吉吉真會生，多得嚇死人，一胎就生了六個狗仔。起初在鄉下，誰曉得這些畜牲會那般值錢。尤其阿昌伯，更緊張的不得了，家裡突然生了這麼多小狗仔，怎麼養活牠們？幸好他當時沒有老廣朋友；不然的話，照他當時被這些小傢伙愁的，一定會無條件的送給他們打牙祭。

我那時節跟阿財就是好朋友，兩人都讀小學四年級，編在一個班上，早晨一道上學，晚上一道回家。放假的日子，便一起到彎月溪裡捉魚，就在吉吉生下小狗的第二天，阿財抱著一個小狗仔來找我。

「陳招貴，我送你一隻小狗。」

「好啊！」我急忙伸手把小狗接過來，牠長得十分可愛，有一身軟軟柔柔的白毛。

「講要就得要啊，可不准反悔。」

「這話是什麼意思？」我奇怪的問。

「你不曉得我阿爹呀，快被這些狗仔愁死了。他叫我趕快想辦法送給別人養。」

「牠不是很好玩嗎？」我看看手裡的狗仔。

「好玩？養一頭是好玩啊。要是養多了，就要拿東西餵牠們。我家那裡有這麼多錢，買來給狗吃。送人家又都不要，說這種狗不會看門，一點用處都沒有。」

「這樣小的狗，能吃多少飯？」

「六頭小狗，一頓也要一大碗飯。」

「不知道我媽媽准不准我養？要是不准，就把我的飯分一點給牠吃好了。」我思量著說。

「謝謝你，阿貴。」阿財感激的說：「要是大家都不肯要，牠們只有餓死，多可憐哪。」

三

我把那頭小狗起了個名字叫活寶，養了不到半個月，便養得胖胖的。祇要輕輕一喚，牠就會親暱的跑過來。每次我餵牠的時候，都會對我友善的搖尾巴。然而有一天晚上，阿昌伯突然帶著一位陌生人來到我家裡。見了面連個招呼都沒打，便四處撒著眼睛問我：

「阿貴，你的小狗呢？」

「在這裡。活寶！來！來！」我吆喊了一聲，活寶便從廚房歡騰著奔到我面前。

「走吧！」阿昌伯伸手一抄，便把活寶抱進懷裡。同時招呼那個陌生人一下，就要往外走。

「阿昌伯，你怎麼把我的小狗抱走了？」我急得大聲叫道，跑到門口攔住他們。

「我要把牠抱回去。」阿昌伯推我一把。

「可是阿財把牠送給我了。」我仍不肯讓路。

「阿財的話不算數，我沒讓他送你，怎麼會送你？」阿昌伯朝我一瞪眼，把活寶抱得更緊。

「阿財說，是你叫他送人的。」

「胡說！我怎麼會叫他把狗送別人。」

「但我養牠這麼久，你為什麼不早要回去。」

「你都用什麼東西餵牠？小弟弟。」陌生人向我走過來，他穿了套很體面的西裝。

「拿米飯餵啊！」我很神氣的說。我對活寶可說是愛護備至，不像別人養狗，捨不得拿飯給狗吃。祇餵牠一些殘湯冷餚或蕃薯籤之類的食物。

「牠不吃米飯哪，要用牛肉餵才成。」

「才不是哩，牠好愛吃米飯。」

「你用米飯餵這種狗，就是遭蹋牠了。這種狗要用牛肉或狗罐頭餵，才能養得好。」

「我們沒那麼好的東西餵牠啊。」

「所以你就不能養這種狗，要花很多錢。你應該讓廖先生抱回去才是。」陌生人溫和的拍拍我，和藹的態度讓我很有好感。可是我看不慣阿昌伯那副不講理的跋扈樣子，便不肯從門口讓開。

「你明白了吧？阿貴。」阿昌伯得理似的接著說：「我為什麼要把牠抱回去？」

「你們也沒有牛肉餵牠呀。」

「這樣好了，小弟弟。你養了牠半個月，也不能讓你白養了。我給你兩百塊錢，算是給你的補償。」陌生人怕我跟阿昌伯鬧僵了，連忙上前一步，插在我倆中間。同時掏出兩張百元大鈔遞給我。

我還沒決定該不該接，阿昌伯卻猛一伸手說：

「小孩子，你聽他的。我們的狗，當然要抱走。要再嚕哩巴嗦，就是欠揍。」那兩百塊錢也在一伸手間，到了他手裡，得意的往褲兜裡一塞。

這話未免欺人太甚。再說錢是陌生人給我的補償，他憑什麼裝起來。正要反唇相譏，父親開口了：

「阿貴，你跟廖伯伯吵什麼？讓廖伯伯把狗抱走。我們養這樣的狗，一點用處也沒有。」

「可是我喜歡牠。」

「你祇管抱走，老廖。別理阿貴。」父親做主的說。

阿昌伯便把活寶往臂腕裡一挾，跟陌生人趾高氣揚的走出去。我見活寶在他懷裡一面掙扎，一面汪呀汪呀向我求救，心裡就好難過，委屈的哭了起來。

父親卻望著我笑道：

「看你那個沒出息的樣子，為一頭狗就哭起來。阿昌伯說狗是他的，只有讓他抱回去。我們是好鄰居，難道為一頭狗，跟他打架去？」

四

第二天我便明瞭事情的真相，原來阿昌伯帶到我家那個陌生人，是專程從台北來買這幾隻小狗的。每隻出價八千塊，阿昌伯才會迫不及待的要把活寶抱回去。因而我對阿昌伯那種蠻不講理，也諒解了；八千塊對我們來說，是個壓死人的大數目，他怎能不死抱著活寶不放。

阿財卻答應我，等吉吉再生的時候，再送我一隻。

所謂運氣來了，山都擋不住。阿昌伯家裡因而走了狗運，狗生意一天一天發達。照說人家發了財，是人家的事情，於我們無礙，也用不著眼紅。但父親跟阿昌伯這兩位老朋友，竟比過去疏遠了。這也不能說父親嫉妒他們有錢，或阿昌伯瞧不起父親。祇能說阿昌伯現在的生意忙，應酬多；無法像從前那樣，互相串串門子，下下棋，抬抬窮槓。並且人的身分是用錢墊起來的，人一有錢，身分自然不同，講話的嗓門也大些。那麼父親依然是那副窮骨頭，抬槓仍是窮架勢。阿昌伯錢多得沒姥姥，抬槓就抬得噹噹響。話講不到一起，怎能不疏遠呢？

我跟阿財的友誼，倒沒受影響。他的功課本來是相當不壞的，不曉得什麼緣故，在高中聯考時，他竟連最蹩腳的學校都沒考上一個。由於不能像過去那樣，一道上學，一道回家，便無法時常在一起。另外自從他家在彎月溪畔蓋了花園洋房，因為裡面設備得太豪華，不知是我自己自卑，還是對那種環境不能適應；一到了裡面，就有種手腳都不知放在那裡才好的感覺。也就儘量避免去。

不過碰到重大問題，我們還是會互相商量的。

五

砰的一聲，阿財一拳砸到吃角子老虎的肚皮上。這時他已經把贏來的那一大堆銶子，全塞進機器裡。見老虎的嘴仍不肯張，才把氣出在它的肚子上。

「走吧！看我的鋼琴去。」他把香煙朝地上一甩。

「你今天輸了多少錢？阿財。」

「六百多塊。」他淡淡的回答。

「你怎麼輸那樣多呢？」我語氣中有種責怪。

「這點點錢算什麼，還不到一條狗尾巴，祇能說是一根狗毛。」他無所謂的聳聳肩。

我們出了遊樂場，便向阿財家裡走去。到了養狗場的門前，他問我要不要進去看一下。我想了想，還是不進去了。最近他們的養狗場，管理得很嚴；為了防止傳染病，不准外人隨便參觀。雖然有阿財帶我去，管理員們不便擋駕，背後還是會嘀咕。再講吉好了，比過去更護雛。我跟牠的關係一向友善，但驚動牠的子女，還是會齜牙咧嘴的。

到了他家門口，天空已經濃雲密佈。鋼琴是放在客廳裡，進了門，黑鴉鴉的一片，樓上樓下一個人影都不見。阿財摸索著打開電燈，把手一攤說：

「我家裡就是這個樣子，你還怨我老不回家。你說像這樣的家，我回來幹什麼？」

「家總是家啊，你總不能不回家呀。」

「家裡一個人都沒有，下女也有她們自己的事。我回來就一個人坐在這裡發呆嗎？」

我沒話講了。我知道要我一個人，呆在這樣一幢空洞冷清的房子裡，一定也受不了。

「好了！我們不要談這些不愉快的事。」阿財故做輕鬆的笑了笑：「來看我的鋼琴吧！」他把琴蓋打開，用手在琴鍵上一滑，滑出一串悅耳的清音。

然後又轉臉對我說：

「要不要也試一下？」

「我真怕把它摸壞了。」

「五十萬塊錢泡湯了也好，免得煩惱。」他把手隨便一甩，臉上擠出一抹苦笑。

我不願往阿財的好意上澆冷水。事實我也急切的想摸摸這架名貴的鋼琴，看它究竟好在什麼地方。等我把手放到它上面時，發現也不過如此。因為它的聲音到底如何好法，我根本分辨不出來。在我的感覺裡，祇不過體積比一般的更大，油漆得更亮罷了。

「幹嘛不多彈兩下？」我站起來時候他說。

「我，你還不曉得？摸多摸少都是一樣，不通！」我笑著把兩手的手指，在面前一扎撒。

「那你更該了解我才是？把一個對鋼琴毫無興趣的人，硬逼到鋼琴上，是多麼痛苦？」

我望了他一眼，想了一下說：

「阿財，不是我勸你。阿昌伯既然要你學，你就聽他的好了，他也是為了你好。」

「可是我現在對爸爸的話，一句也聽不進去，一聽到了就反感。並且我們家裡現在的情形是這樣，爸爸玩他的女人；媽媽除了打牌，就是捧歌星；姐姐交她的男朋友。我一天的鬼混，一家人像散了似的。我有時也希望他們能管管我，可是他們一開口，又覺得不對勁；心頭直冒火，認為他們是故意跟我過不去。」

「這不是自我矛盾嗎?」

「別人說我們家裡有代溝。」他的眼睛望著空際說。

「怎麼會呢?那不過是個時髦名詞。」

「我也不曉得有沒有。」他的目光定定的望著面前那堵白牆:「也許這年頭有錢的人家,生活再沾一點洋味道,就會有。原則上,我是贊成每個人都有他自己的生活世界。可是一個家庭,也該有一個共同的生活世界;我們家裡就缺乏這種共同的生活世界。」

我沒答腔,我對這問題不敢妄下結論。在我的想法裡,覺得這個時髦問題,一直離我們很遠,不會來攪亂我們的生活。因為在我們家裡,父母跟子女關係非常密切,大家互相關懷。在一天工作後,全家人聚在屋裡,看看電視,話話家常,氣氛十分融洽。

「我現在好空虛啊。」阿財像十分疲倦的吐了口氣。

「慢慢就會好的。」我安慰他。

「不會的!」他木然的搖搖頭:「因此我有時會恨我爸爸,他專出難題給我做。就像這架鋼琴,他明知道我沒有興趣,卻非逼著我彈不可。另外又要我讀書,出國留學;還要我追有錢有地位人家的女孩子,說這樣才會使我們的家庭變高級;這不是逼我發瘋嗎？所以想起來，我還是希望像過去一樣，一家人在一起，雖然沒什麼錢，卻過得快快樂樂，就覺得好溫暖。」

阿財的目光突然變朦朧起來，好像他又回到過去那段快樂時光。我沒想到他會說出這樣的話，一時祇怔怔的望著他，找不出適當的話講。

突然他把臉轉向窗口，望著遠處說：

「我也真想再去讀書，阿貴。但我知道考不取。我相信如果像過去那樣，我一定不會輸給你。可是我現在心裡煩得，連上補習班都安不下心來。」

我們沒有再作聲，兩人便呆在窗口向外望去，養狗場上仍是一片熱鬧景象。驀地一陣冷風順著彎月溪吹過來，豆大的雨點也隨著落下來。

「下雨了！我要回家了！」我朝他肩上拍拍。

「也好，今天我家裡也沒有飯吃，不留你吃飯了。」

「你到我家裡吃好了！」

他臉上好像綻出一股喜悅，但又猛搖了搖頭：「不要了！我現在還不想吃飯。」

「那你晚飯吃什麼？」我關心的問。

「等會有什麼就吃什麼吧，反正餓不著。現在我祇想睡睡覺；也許我睡不著，躺在床上胡思亂想罷了。」

「那我就走了。」

「要常來看我啊。」

六

這場雨也真大，一來就是怒潮澎湃的氣勢。巨大而密集的雨點，像從天空往下潑，使眼前變成一片看不清任何景物的茫茫。一陣緊似一陣的雨柱，射在屋頂上，萬馬奔騰般在上面馳驅，彷彿要把我們那個薄薄的屋頂踏碎。從山上流下來的雨水，洶湧的流過我家門前那段斜坡，再爭先恐後向下面的彎月溪奔去。

下雨天，屋裡悶，睡得也早一些。然而在半夜，我竟被母親從夢中搖醒。外面的暴雨，仍在屋頂咆哮成一片驚心動魄的吼聲。母親一面搖著我說：

「阿貴！你醒醒，你聽這是什麼聲音？」

「什麼？」我揉著眼側耳細聽。

「你聽聲音這樣亂，好像還有狗叫。是不是你阿昌伯家裡淹水了？」母親的臉色一片惶恐。

「是是！媽媽！就是阿昌伯家傳來的聲音。」經母親一提，我也辨出來了。那種悽厲的聲音，在怒吼的大雨中，雖不十分真切。仍能聽出是人聲嘶喊，夾雜著狗叫。

「你快看看去，阿貴。你會游泳，去幫他們一個忙。你爸爸不能去，他不會游水。」

「這麼大的雨，怎麼走法？」

「不要這樣說，阿貴。我們是鄰居；做鄰居就要在急難的時候，互相幫助才是。」

我沒理由推辭了，何況阿財跟我是那麼好的朋友。馬上從床上跳下來，顧不得穿好衣服，抓起雨衣往身上一披，便開門走出去。滂沱的大雨，驀地像一蓬巨大的瀑布劈頭潑下來，一下子把我全身淋得透透的。我顧不了那麼多，拔腿就往山下跑。幸虧我平時走慣這條路，在雨把眼睛淋得睜都睜不開的情形下，仍能找到廖家那幢花園洋房。

下了那個斜坡，人喊狗叫的聲音就更清楚。樓上的燈光也穿過雨幕，隱約的射過來。祇見那個養狗場，已經變成一片汪洋。那排整齊美觀的狗舍，僅剩下一角屋頂在洪流中沉浮。他們那幢兩層樓的小洋房，樓下幾乎全部淹沒在水裡。人吵狗叫的鬧聲，便從樓上傳出來。

「阿財！阿財！」我在水邊大聲叫道。

「是阿貴嗎？」阿財在樓上氣急敗壞的叫喊：「不得了啦！快來幫我們的忙啊。」

「我馬上就來了。」

現在雨衣已經對我沒有絲毫用處，隨手一拽，甩到路邊上。接著慢慢走進洪水裡，划著雙臂快速的向樓房游過去。那知到了樓房跟前，才發覺樓下的門窗已經完全被洪水封住，根本進不去。好在阿財拿著蠟燭到陽台上接我；我才抓著上面的欄干，翻到陽台上。

眼前的景況立刻使我傻了眼，祇見整個樓上，滿樓都是狗，每個都渾身濕濕的。把平日揩得一塵不染的地板，弄得滿處都髒兮兮的。那樣牠們就該安靜吧？才不呢，一個個雖凍得渾身發抖，還在你爭我奪搶乾爽地方。一頭大狼狗鑽進阿花姐的香閨，想往她席夢思床上跳，跟守護在上面的一頭小北京狗，爭風吃醋般大吵大鬧。吉吉跟牠新生的子女，蜷曲在阿昌伯房間的地毯上；牠身上儘管濕了，仍在用舌頭舔小狗身上的水。我走近牠一步，牠竟六親不認般對我汪的一聲。兩隻白狐狸狗跑到陽台上，對著激盪的洪流在狺狺狂吠。一頭少年不識愁滋味的狗仔，撲動著前爪，在跟陽台角上的一隻青蛙逗趣。

阿昌伯家裡的人呢？為什麼不管管這些狗？原來都集中在樓梯口，往樓上抬鋼琴。

那架鋼琴也實在太重，又大得不好搬。他們一家四口，加上兩個下女，再加上養狗場的兩個女管理員，都對它莫可奈何，一個個累得靠在牆上直喘氣。我連忙加入他們的陣容，大家吆吆喝喝著，才把那個龐然大物，連推帶拉弄到二樓上。

當鬆手往地上放時，大家都慢慢的放得很平穩。獨有阿財那一角，竟砰的一聲放得很重。

阿昌伯向他狠狠瞪了一眼。

七

洪水仍在繼續往上漲，已經升到二樓的樓梯口。兩頭蹲在那裡的大耳朵狗，被逼得一直向後退。見那兒已無法容身時，轉身就往阿財房間鑽。

「出去！出去！」阿財拿著棍子在門口阻攔。

「你幹什麼？阿財。」阿昌伯吼道。

「不准狗到我房間裡。」

「為什麼不准？養狗場淹了水，你叫牠們到那裡？我房間裡，你姐姐房間裡，不都被狗佔走了？讓開！讓牠們進去躲一下。」阿昌伯想把兒子從門口推開。

「不要！我討厭牠們。」阿財拗著不肯動。

「胡說！沒有這些狗，你怎麼有今天？」

「今天怎樣？今天好啊？」

「今天怎麼不好？」阿昌伯兩眼氣得鼓鼓的瞪著他兒子：「你也不睜開眼睛看看，現在你吃的是什麼？穿的是什麼？用的是什麼？那一樣不都是一等一的？要是沒有這些狗，你作夢也別想啊！」

「我不稀罕！」阿財輕蔑的撇了下嘴。

「你混蛋！」

「爸爸！你……」

「走開！讓狗進去！」阿昌伯又推了一把。

「不要！」阿財一步也不讓。

「你這王八蛋，你要氣死我呀？」阿昌伯喘著氣：「狗有什麼不好？你這忘恩負義的東西。」

「狗好！我忘恩負義！沒有這些狗，我們的家還會弄成這個樣子？還像一個家嗎？你整天在外面跑，媽媽又不在家，姐姐也不見影子。我一個人回家幹什麼？誰受得了那種寂寞啊？這且不說了，那是你們的私生活，與我不相干。可是你為什麼要那樣逼我？又要我學養狗，又要我讀書，出國留學；又要我學鋼琴，追有名望人家的女孩子。可是我們有什麼了不起？祇不過養了幾頭狗，賺了幾個狗錢，就神氣起來了？就這樣逼我？非把我逼瘋了不可嗎？我已經受不了這種折磨了！」阿財一口氣不停的吼，到了最後已經變得聲嘶力竭。

「住口！你說這種話，有沒有良心？」

「我沒有良心。」

「我打死你這個沒良心的東西！」阿昌伯的拳頭，猛然像雨點一般向阿財沒頭沒腦落下去。

「你打吧！打死我好了！打死才趁心！」

「打死就打死！我要你這個沒良心的兒子有什麼用？我整天那麼辛辛苦苦的賺錢養你，為的是什麼？還不是為了你好？你還講那種話？連狗都不如！」

阿昌伯的拳頭落得更快更急。阿財仍那麼拗，直挺挺的站在門口讓他父親打，就是不讓路。我跟阿花姐連忙奔過去，推拉了大半天，才把阿昌伯拉開。但阿財卻一轉身奔到房間裡，把門一關，在裡面號啕大哭起來。

「這成什麼世界！這成什麼世界！養兒子還有什麼用處。」阿昌伯好像氣昏了頭，滿眼都是紅紅的血絲，在地上不停的轉圈子。

阿花姐便要我去勸勸他。我清楚阿昌伯的脾氣，現在躁得很。剛才又嘔了這麼大的氣，眼前又是這副景象，不是好勸的。我還是勉為其難的上前說：

「阿昌伯，你累了就休息休息吧。這裡的事情不用你操心，有我們照應就好了。」

「孩子！我完了！」他一把抓住我的手，禁不住老淚縱橫起來：「你說我辛苦一輩子，圖的是什麼？我什麼也沒圖，還不是為他們好？可是你看剛才的情形，我怎麼能不傷心？這是我作孽嗎？」

「洪水過去就好了。」

「過去也完了，你看這些狗，變成什麼樣子。」

「雨也不會再下多久，就算有損失，也不會太重。你祇管放心到床上休息去。」

「我一定要在這裡看著。」

他執意不肯，我也沒可奈何。只有搬張沙發，扶他過去坐下。他便噗哧一聲倒在上面。

八

屋內的積水很快跟樓板齊平，仍繼續往上漫。一時只見地板的縫隙處，水花像噴泉一般，鼓突鼓突的往上冒，頃刻便把地板淹蓋了。這一來人倒不要緊，狗群慌亂得亂蹦亂跳。一隻大狼狗，爬到鋼琴上，把那個油漆得烏光水滑的外殼，劃了好幾道爪印子。阿花姐那張席夢思床，更是大狗小狗爭奪的好地方。守護在床上那隻小白狗，兀自吠叫著阻攔。但被這頭大狼狗一叫，爬起來夾著尾巴，就往牠主人懷裡鑽。一頭老虎狗想竄上阿花姐的梳粧檯避難，卻又竄不上去。往下一滑時，把上面那些瓶瓶罐罐的化妝品，都帶到地板上。再被水一沖，把裡面的胭脂粉類都沖出來，染得水面花花的。

躺在阿昌伯房間地毯上的吉吉跟牠的子女，當水剛剛從地板上往上冒時，把地毯頂得突突的動，牠就緊張了。不待人的幫助，就把四頭小狗，一頭一頭咬著脖子送到床上去。大概到牠上床時，已經累了，怎麼也跳不上去。就在這時突然又跑來一頭北京狗，到床邊往地上一蹲，給吉吉搭個肩，送牠到床上。我注意的看看牠的毛色跟形態，認出是吉吉已經長大的子女。

阿財在房間裡也待不住了，出來站在門口，神態傻傻的，就在他開門的當兒，狗群忽的湧進去。

廖伯伯跟阿花姐手裡拿著棍子，在防止狗群損傷那些名貴的家具，一時祇聽亂喊亂叫：

「去！去！」

「走開！走開！」

「死東西！不要到這邊來！」

「啊！啊！滾！滾遠一點！」

「完了！完了！全都完了！」阿昌伯呆呆的望著眼前的混亂情形，手足無措般的唉聲嘆氣。

無奈這些畜牲已經發了野性，不是幾聲吆喝就能制止住的。驀地轟隆一聲響，一張椅子被狗撞翻了；隨著水往前一滑，便撞到鋼琴上，把琴鍵震得錚然齊鳴。這一聲怪響，使偎在阿昌伯床上的一隻小北京狗，突然發狂似的，連滾帶爬跳下床，一溜煙向陽台奔去。也不管下面危不危險，撲通一聲就衝進洪水裡。阿昌伯見小狗跑掉了，也跟在後面追到陽台上，一時急得大聲嚷道：

「快捉狗啊！阿財！狗掉水裡面了！」

阿財也顧不得跟父親賭氣了，連忙跳進洪流，飛快的去追那隻小狗。那知吉吉見牠的孩子逃走了，也在後面追上來。大家一個沒攔住，牠也奮不顧身的撲了下去。

阿昌伯馬上改口喊道：

「捉吉吉呀！阿財。別讓吉吉被水沖走。」

「阿財，一定要捉住吉吉呀！」

我見狀也馬上跳到水裡，去接替阿財的任務，讓他去追吉吉。於是他便回身游去。恰巧跟吉吉碰個正著，伸手抓住牠一條腿。可是吉吉怎麼也不肯隨阿財回去，依然掙扎著去追牠的孩子。

「阿財！」阿昌伯又在陽台上叫道：「不能放開吉吉呀！牠是我們的命啊！」

不知是阿昌伯的話刺痛了阿財，還是吉吉不聽話，惹火了他。只見阿財突然握起拳頭，發狠的不停向吉吉頭上捶去。阿昌伯叫得更響了：

「阿財！不能打狗啊！」

「你這個王八蛋！怎麼打吉吉呢？」

「你要死了！我的話你聽到沒有？」

阿財好像已經瘋了，拳頭落得又急又狠。一株被山洪沖下來的大樹，到了樓房旁，被樓房撞得一拐彎，斜著衝出去。它那橫七豎八的枝幹，猛然橫著一掃，便朝阿財掃過去。阿財正在死命的打吉吉，那防到這一著，一下子被樹枝掃出去好遠。

「啊！」阿財馬上沉下去，但馬上又探出頭來。

樹身還沒流開，枝枝椏椏的枝條又向他罩下來。

「啊！啊！」

陽台上的人也不顧吉吉了，祇一片叫聲：

「阿財！」

「阿財！」

「阿財！」

九

我沒追上那隻小北京狗。阿財跟吉吉也沒有回來。這時天也亮了，雨也停止。雨洗過的山色，一片青翠。祇是污濁混沌的洪水，一時還不肯退。

直到洪水退盡的時候，我們才發現阿財跟吉吉陷在養狗場的泥濘裡。他仍一隻手緊緊握著吉吉的腿，一隻手握著拳，像怒猶未息似的，還要擂下去。阿昌伯跟廖伯母的傷心是不用說了，抱著兒子哭得死去活來。

我把看到的情形回家告訴父母。母親便感嘆說：

「那麼個好孩子，怎麼就這樣走了。」

父親半天都沒有作聲，我以為他不表示意見了。那知過了一會，他卻若有所感的說：

「這也不能怨誰，祇怨這場洪水來的太快了。像阿昌那樣的人，還都把握不住，被沖得暈頭轉向。阿財那樣小的年紀，怎能受得了，難怪會在洪流裡沉沒。」

「說的也是，這樣急的洪水，誰受得了。」母親又是一聲長嘆。

作者張曉明

本篇參與聯合報一九七九年短篇徵文佳作

語言文學類　PG1754　秀文學7

坦途

——喬木、張曉明散文選

作　　者／喬　木、張曉明
責任編輯／杜國維
圖文排版／周政緯
封面設計／葉力安

發 行 人／宋政坤
法律顧問／毛國樑　律師
出版發行／秀威資訊科技股份有限公司
114台北市內湖區瑞光路76巷65號1樓
電話：+886-2-2796-3638　傳真：+886-2-2796-1377
http://www.showwe.com.tw
劃撥帳號／19563868　戶名：秀威資訊科技股份有限公司
讀者服務信箱：service@showwe.com.tw
展售門市／國家書店（松江門市）
104台北市中山區松江路209號1樓
電話：+886-2-2518-0207　傳真：+886-2-2518-0778
網路訂購／秀威網路書店：http://www.bodbooks.com.tw
國家網路書店：http://www.govbooks.com.tw

2017年4月　BOD一版
定價：320元

國家圖書館出版品預行編目

坦途：喬木、張曉明散文選 / 喬木, 張曉明著. --
一版. -- 臺北市：秀威資訊科技, 2017.04
面；　公分. -- (語言文學類；PG1754)(秀
文學；7)
BOD版
ISBN 978-986-326-412-5(平裝)

855　　　　　　　　　　　　106002676

讀者回函卡

感謝您購買本書，為提升服務品質，請填妥以下資料，將讀者回函卡直接寄回或傳真本公司，收到您的寶貴意見後，我們會收藏記錄及檢討，謝謝！如您需要了解本公司最新出版書目、購書優惠或企劃活動，歡迎您上網查詢或下載相關資料：http:// www.showwe.com.tw

您購買的書名：＿＿＿＿＿＿＿＿＿＿＿＿＿＿＿＿＿＿

出生日期：＿＿＿＿＿年＿＿＿＿＿月＿＿＿＿＿日

學歷：□高中 (含) 以下　□大專　□研究所 (含) 以上

職業：□製造業　□金融業　□資訊業　□軍警　□傳播業　□自由業

□服務業　□公務員　□教職　□學生　□家管　□其它＿＿＿

購書地點：□網路書店　□實體書店　□書展　□郵購　□贈閱　□其他

您從何得知本書的消息？

□網路書店　□實體書店　□網路搜尋　□電子報　□書訊　□雜誌

□傳播媒體　□親友推薦　□網站推薦　□部落格　□其他＿＿＿＿＿

您對本書的評價：(請填代號　1.非常滿意　2.滿意　3.尚可　4.再改進)

封面設計＿＿　版面編排＿＿　內容＿＿　文／譯筆＿＿　價格＿＿

讀完書後您覺得：

□很有收穫　□有收穫　□收穫不多　□沒收穫

對我們的建議：＿＿＿＿＿＿＿＿＿＿＿＿＿＿＿＿＿＿

＿＿＿＿＿＿＿＿＿＿＿＿＿＿＿＿＿＿＿＿＿＿＿＿

＿＿＿＿＿＿＿＿＿＿＿＿＿＿＿＿＿＿＿＿＿＿＿＿

＿＿＿＿＿＿＿＿＿＿＿＿＿＿＿＿＿＿＿＿＿＿＿＿

請貼
郵票

11466
台北市內湖區瑞光路 76 巷 65 號 1 樓
秀威資訊科技股份有限公司 收
BOD 數位出版事業部

(請沿線對折寄回，謝謝！)

姓　　名：＿＿＿＿＿＿＿＿ 年齡：＿＿＿＿ 性別：□女　□男

郵遞區號：□□□□□

地　　址：＿＿＿＿＿＿＿＿＿＿＿＿＿＿＿＿

聯絡電話：(日) ＿＿＿＿＿＿＿＿ (夜) ＿＿＿＿＿＿＿＿

E-mail：＿＿＿＿＿＿＿＿＿＿＿＿＿＿＿＿